透明的螺旋

東野圭吾——著
王蘊潔——譯

【本文將提到部分關鍵劇情，請斟酌閱讀】

推薦序——

老巫婆撕掉贖罪券

小說家／劉芷妤

對一個推理作品而言，最重要的元素是什麼呢？這個問題，恐怕放諸各大推理流派，都會得到不同的答案，不，即使同是本格派或同是冷硬派的愛好者，說出的答案也不盡然相同。

但關於一個母親，或者關於母愛，這世界能容許的答案與展現方式，似乎就相當有限。我們太習慣用經典教材、童話故事與流行文化所形塑出的刻板印象當成既定標準，傾向將不同於標準答案的情況當成「特例」，而非像是看待不同的作者自然會創作出不同的推理作品那樣，視之為本來就應當是各各不同的可能。

而東野圭吾新作《透明的螺旋》，則是將母愛與推理這兩回事，纏綿地繞在一起，讓母親這個角色，與母愛的展現方式，藉由故事的螺旋不斷翻轉出新的面貌。

順道一提，更棒的是，我們又能見到湯川學了。

慣於閱讀推理故事的讀者，應該很容易就能從序章的情節，以及書名中的「螺旋」，推測出這個故事必然環繞著一個不得不拋下甫出生幼女的黯然母親，與這對母女之間的血緣關係，甚至可能牽涉到最終的謎底與反轉——我實在不喜歡爆雷，但若要討論這部故事中的情感交織，適當的關鍵劇情揭露是無可避免的，接下來我將盡可能在提到關鍵情節時，避免與書中特定角色連結，力求讀者仍能擁有自己在故事中摸索的趣味，但若是非常要求閱讀體驗的讀者，我強烈建議：直接享受故事吧。

故事開場，看似不相關的序章與第一章節，描寫出過去與現在截然不同的時空背景，節奏明快地拉開時代感，並且以同樣嘎然而止的遽然收尾，營造出讀者與謎底之間的斷層。刑警草薙俊平與內海薰在第二章節上場，毫不拖沓地揭露出死者的身分——眼前是一起年輕男性被槍殺，而其尚無嫌疑的同居女友在報案後人間蒸發的典型謎團，而作為讀者，我們忍不住在接下來的故事行進中、跟著刑警四處訪查時，猜測著序章裡的故事，是如何與這起案件交纏共生。

情財仇性這些常見的殺人動機，在這個故事裡，或許只沾得上一點點邊：那或許勉強可以說是「情」的殺人動機，其實真正的名字，叫做「遺憾」。

數十年後，序章裡那個走投無路的女人已垂垂老矣，自己年少時放在育幼院前的女兒早逝，卻眼看著女兒唯一留下的外孫女，遭同居男友百般家暴而無力逃脫，對女兒懷抱著深深歉疚的這位老太太，決定除掉那個讓外孫女得不到自由與幸福的男人。

對早逝的女兒懷抱著遺憾，因此用自己的母愛來成全女兒的母愛，讓受苦的外孫女獲得重生——這是東野圭吾在故事中對於母愛的第一層鋪排，看似決絕，但用殺人來彌補自己過往遺棄孩子的罪孽，卻是一般讀者都能理解與接受的殺人動機，極具說服力，這裡也能看出，比起「殺死一個人」，「一個母親拋下親生孩子」的道德譴責，可說是有過之而無不及。

不過，千萬別以為故事只有這麼簡單，這可是東野圭吾呢。

故事情節隨著DNA的螺旋開始翻轉：母愛僅僅建立在血緣上嗎？當老太太發現這個外孫女的身分堪疑，那麼整個殺人動機的設定是否就會被推翻？老太太並不傻，當她發現這對同居情侶可能利用她過往的遺憾來騙取她的財務支持時，眼中看見的並不是假的血緣，而是年輕女孩如假包換的受暴處境，她拒絕驗證血緣的真假，而是把這個除了她之外沒有任何人能依靠的女孩，攬得更深更緊，甚至在這樣的情況下，決心為她殺人。

至此，東野圭吾將母愛翻轉出更高的層次。若自己的孩子已經找不回來，那麼為別人的孩子鋌而走險，此間展現的愛，是對人世的深情，而非僅僅是一張贖罪券。

無獨有偶，故事中安排了不只一層這樣無血緣關係的親情展現：年輕女孩無力處理的家暴與生命威脅，有不問血緣的老太太挺身除惡，而事後更有舊識婆婆，不問緣由便憑藉著長年信任，願意帶著女孩亡命天涯——若以之與傳統的英雄救美故事相較，這一次，拯救無助少女的不再是青壯男人，而是女人；更甚者，是老女人；話再說難聽一點，這兩個老女人，年輕時都曾拋棄親生孩子，在許多傳統觀念裡，幾乎可以說是老巫婆了。

兩個素不相識的老巫婆，在未曾同謀的情況下，合力拯救一個與她們並無血緣關係的無助少女。一個故事，若從「母愛」這種最傳統的情感屬性中出發，最後竟能收束在一個挑戰既定思考的角度，說它僅僅是推理作品，我可不信。

更別說，故事中除了殺人緝兇這條主線，更有一條令人意外的、湯川學教授陪伴頑固父親、失智母親的支線，不僅與老婦對少女的主線，成為方向相對的對照組，而且就連這樣一條支線，也與主線緊密脈動，自有其令人醉心的反轉，在各方面都補強了故事中對於「無血緣的親情」這個主軸的多層次展現。

若說推理作品中最迷人的便是詭計與謎底的反轉，那麼我相信《透明的螺旋》裡最令我心折的，就是老巫婆撕掉贖罪券，擁抱少女的那一瞬間，那不只是推理作品的詭計與反轉，更是用一個故事輕輕反轉世間所有既定規則的，屬於作者的小小詭計。

序章

戰爭結束整整三年之際，一個女孩出生在秋田縣的一個小村莊內。她有一個哥哥，之後又有了兩個弟弟，還有一個妹妹。務農的家庭雖然不富裕，但她從小到大沒生什麼大病，健康順利地長大了。

同學中，有人初中畢業之後就在父母的要求下集體就業，她留在老家讀高中，但高中畢業後，主動去千葉的紡織工廠工作。表面上的理由是想要幫助家計，其實她想擺脫貧窮的鄉下生活。她以為在東京奧運後，首都圈都很繁華。

可惜她工作的那家工廠位在郊區，工廠旁的女子宿舍周圍也都是稻田和農田，但每逢假日，她就和同事一起搭將近一個小時的車去東京。穿著迷你裙，昂首闊步走在故鄉絕對看不到的熱鬧街頭，心情就很雀躍。

每天的生活都很快樂，日子在轉眼之間過去。她很少回老家。起初每年過年和盂蘭盆節時都會回家探親，但回家很無聊，她對兄弟姊妹直接開口向她要錢感到很煩，漸漸用各種理由推托，不再回老家。

就這樣過了兩年，也適應了都市的生活，體驗了各種玩樂。她已經滿二十歲，所以也可以喝酒了。

某個星期天，她獨自在銀座角落的一家舶來品店的櫥窗前打量，一個黑影突然從後方靠近，她正準備回頭，夾在左側腋下的手提包被搶走了。她發出「啊！」的叫聲時已經來不及了，那個穿運動衣的男人早就拔腿逃走。她被搶劫了。

她大叫著：「搶劫！」追了上去，但穿著高跟鞋根本跑不快，周圍的人似乎也不知道發生了什麼事。

她茫然站在那裡，最後無力地蹲在地上。腦袋一片空白，不知道該如何是好。她的皮夾也在手提包裡，所以甚至無法回家。

這時，眼前有一個影子，一雙黑色皮鞋出現在眼前。她抬頭一看，一個穿襯衫的男人站在眼前。雖然很年輕，但比她年長幾歲。

「這是妳的嗎？」

她看到男人遞過來的東西，忍不住倒吸了一口氣。因為那正是她剛才被搶走的手提包。她慌忙站了起來，接過手提包，打開一看，發現皮夾還在裡面。

「那個大叔逃掉了。是說即使把他送去警局，也只是自找麻煩。反正手提包已經拿回來了，妳應該也不想多事吧？」

「啊……你去追他，然後抓到他了嗎？」

「不是，我走在路上，那個大叔迎面跑了過來。因為他拿了一個女人的手提包，所以我立刻想到他應該是搶來的，於是就把腳一伸，絆了他一下。那個大叔跌倒了，手提包也掉在地上，但他似乎很慌張，來不及撿起來就逃走了。於是我就撿了起來，正在想不知道失主是誰，走到這就看到妳蹲在地上。」

「謝謝你，真是太好了。」她深深鞠躬道謝。

「妳最好小心點，因為有些人會騎腳踏車或機車搶劫。」那個男人說完後，正準備轉身離去，看到旁邊有一家菸店，便走了過去。她聽到他要買Hi-Lite菸。

她從手提包裡拿出皮夾跑過去說：「呃……請讓我付。」

「啊？為什麼？」男人露出驚訝的表情。

「我要謝謝你，請讓我表達感謝。」

「妳不必這麼客氣。」

「不，我父母告訴我，受別人的幫助，一定要道謝。」她看著菸店老闆娘問：「請問 Hi-Lite 多少錢？」

「七十圓。」聽到老闆娘的回答，她大吃一驚。如果要向對方道謝，這未免太便宜了。

「哈哈哈。」那個男人笑了起來。「好吧，那我就不客氣收下了。」

她付錢的時候，發現自己漲紅了臉。

「那接下來換我請客。要不要喝咖啡？」他把 Hi-Lite 菸放進襯衫胸前口袋問。

「這……太不好意思了，咖啡比較貴。」

「沒事，沒事，咖啡的成本還不到七十圓。」

「成本？」

「妳跟我來就知道了。」

男人帶她走進一棟小型大樓三樓的酒吧。雖然酒吧沒有營業，但他打開了門鎖。酒吧內有一張吧檯，牆邊有四張桌子。

男人走進吧檯內準備泡咖啡。他說平時會為不喝酒的客人泡咖啡。

他自我介紹說，他叫矢野弘司，在這家酒吧當酒保。今天是星期天，所以酒吧不營業。

她也向他自我介紹。

「妳是哪裡人？聽妳的口音，好像是東北一帶？」弘司問。

「我是秋田人……果然還有口音嗎？」

她來東京已經兩年多，原本以為自己說話已經沒有口音了，但別人還是經常這麼說她。

「妳不必介意，這樣很可愛，我也是從鄉下來的。」

弘司來自長野縣，他在集體就業時來到東京，但那家工廠倒閉了，於是他在朋友的介紹下，來這家酒吧上班。除了當酒保以外，還要負責打掃、開店前的準備工作等所有雜務。

之後，他們聊了各自的興趣愛好和娛樂，這是她在職場以外，第一次和男人聊這麼久。不，其實在職場時，也只是有需要時，和男同事進行最低限度的交談。因為她不擅長和別人交談，但是她發現和弘司在一起時，心情很平靜自在，身體卻會發燙。這種感覺太奇妙了。

雖然很想繼續聊下去，但她必須在晚上之前回宿舍。當她表示要回家時，弘司對她說：「如果妳不嫌棄，要不要下次再約見面？」

「好啊……」

「下個星期天呢？妳會再來東京嗎？」

「嗯，應該會……」

「那我們正午在這裡見面，妳覺得如何？」

「嗯，好啊。」

「那就一言為定，如果臨時有事，妳打電話給我。」弘司把火柴放在她面前，上面印了這家酒吧的電話。

那天之後，他們每逢星期天都在酒吧見面，之後也會一起去吃飯，或是去看電影。每次道別都依依不捨。從上野搭電車回宿舍時，她總是小聲地唱：「忘不了忘不了，我就是喜歡他。」那是前一年大紅大紫的 Pinky & Killers 唱的〈戀愛季節〉。

他們開始交往三個月左右，她第一次去了弘司的公寓。三坪大的房間只有一個小流理台，鋪了一床被子後，幾乎就看不到榻榻米了。他們在那床被子上擁有了彼此。這當然是她的第一次。

那次之後，他們不再等到星期天在酒吧見面，而是她在星期六晚上就去他的公寓。星期六下班後，她就去車站，搭上往東京的電車。有時候也會做一些簡單的料理給他吃。她買了餐具，也把漱洗用品和替換衣服放在他家裡。

不久之後，她發現身體出現了異常變化。她的生理期很久沒來了。她原本生理期就不太規律，所以並沒有太在意，但一個多月沒來，她忍不住有點擔心。去醫院檢查後，醫生對她說恭喜，已經懷孕三個月了。

她完全沒有真實感，無法想像是發生在自己身上的事。她猶豫之後，告訴了弘司，他笑著說：

「這樣啊，果然有了嗎？這也很正常，因為我們每個星期都瘋狂做愛，更何況經常聽人說，並不是射在外面就不會懷孕。」

「怎麼辦？」

「哪有怎麼辦，妳只能辭去工作，我會努力養活我們兩個人。不，小孩出生之後變成三人份。雖然有點吃力，但也只能努力了。」

「這是什麼意思？我辭去工作之後該怎麼辦？」

「妳搬來這裡就好，我們一起生活。雖然這裡很小，但妳暫時忍耐一下。等我多賺點錢之後，就搬去大一點的房子。」

聽了弘司的話，她發現原本籠罩在心頭的霧靄完全消失了。他對目前的狀況感到高興，不僅如此，甚至提出趁這個機會結婚。

她忍不住抱住了他的脖子。

只有一個問題，就是她並沒有把和弘司交往的事告訴父母。如果父母得知他們還沒有結婚就有了孩子，一定會大發雷霆，而且父母都是鄉下人，對在夜店工作的人有強烈的偏見，他們都希望女兒到大城市工作後，在職場尋找結婚對象。

他們討論後，決定等孩子出生再去拜訪她的父母。父母看到孩子之後，一定就會原諒他們。

下一個月，她向公司遞了離職申請，搬離了女子宿舍，住在弘司家裡。

不用說，當然在搬家時，已經極力減少自己的行李。

弘司除了在酒吧當酒保以外，還開始送報。他工作到深夜後，直接去派報社，早上七點才回到家裡睡覺，在中午過後起床，每天都過著這樣的生活。因為他體力不錯，而且酒量也很好，所以才能撐下來。弘司經常說，要為了家人努力工作。

她開始為即將出生的孩子做娃娃。因為不知道是兒子還是女兒，所以她為娃娃穿上了藍色和粉紅色條紋圖案的毛衣，頭髮偏長。受到搖滾樂團的影響，最近很多男人也都留長髮。

雖然經濟並不寬裕，但很幸福，完全沒有預料到會發生任何不好的事。

在分娩前一個月的某個星期五早晨，公寓管理員來敲門叫她：「有妳的電話。」

打電話來的是派報社的老闆。老闆在電話中告訴她，弘司在送報途中昏倒了。

她急忙趕去醫院，但看到躺在病房內的弘司，她差點昏過去。因為弘司的臉上蓋著白布。

腦出血。醫生說，雖然不知道原因，但八成是因為過勞引起。

她連續哭了三天三夜，淚水都哭乾之後，感受到極大的虛脫感。她完全不想做任何事，整天躺在被子中。

就在這時，出現了分娩的徵兆。比預產期早了將近一個月。她幾乎是用爬的到管理員室，管理員見狀大吃一驚，為她叫了救護車。

她生下的女兒只有兩千三百公克。她抱著弱小的嬰兒，內心感到喜悅和困惑。明天之後，到底該如何活下去？

她手上並沒有多少存款，下個月的房租也不知道在哪裡。身邊有小嬰兒，根本不可能外出工作。

她不知道該怎麼辦，遲遲沒有為孩子報戶口。她不能回去投靠父母，因為父母只會對她大發雷霆。

有一天，她因為貧血在房間內昏倒了。因為她沒有吃什麼東西，而且餵母乳又導致她營養不良。幸好是在室內，如果出門在外，也許會被車子撞死。一想到如果是抱著孩子的時候在路上昏倒，她便不寒而慄。

不能繼續這樣下去——她看著熟睡的女兒，下定了決心。自己無力把這個孩子養大。為了這個孩子，必須把她交給別人，否則母女兩人都只有死路一條。

她知道一個地方。她以前工作的紡織工廠附近有一家育幼院。雖然她不知道育幼院如何營運，但她記得之前育幼院的孩子去紡織工廠參觀時的情況。每個孩子看起來都很開朗，身體也很健康。她認為把孩子送去那裡，應該可以順利長大。

入秋之後，她在一個微涼的日子出了門。她抱著女兒，提著籃子。籃子裡裝了女兒的換洗衣服和毛毯，以及她親手製作的娃娃。

她搭了電車和公車，來到目的地附近，在不遠處的公園內等天黑。她吃了甜麵包，為孩子餵了奶。想到這是最後一次餵奶，淚水奪眶而出。

當她回過神時，發現天色已暗。她展開了行動。她用毛巾把女兒包了起來，放進籃子內，在蓋上毛毯之前，把娃娃放在嬰兒身旁。只要脫下娃娃的衣服，就會發現娃娃的背上用麥克筆寫了字。那是和弘司兩個人討論之後，準備為孩子取的名字。當用不同的方式發音時，無論男孩、女孩都適用。

來到育幼院，她站在小門前，看向前方。育幼院內有好幾棟長方形的建築物，窗內亮著燈光。

她打量周圍，不見人影。既然決定了，就必須趕快行動。如果被別人看到自己站在這裡，一切都泡湯了。

她走向門口，把手上的籃子放在地上。雖然原本決定絕對不再多看女兒一眼，但還是忍不住掀起了蓋在女兒身上的小毛毯。

月光照在女兒白嫩的圓臉上，女兒閉著眼睛，發出均勻的鼻息。

她用指尖摸了摸女兒的臉頰，她知道自己一輩子都不會忘記這種感覺。淚水又差點奪眶而出，她拚命忍住了，將毛毯蓋好。今天晚上不會下雨，希望育幼院的人在朝陽下發現女兒。

她站了起來，邁開步伐，告訴自己不能回頭。感覺隨時會聽到身後發出的哭聲，讓她喘不過氣。

她完全不記得自己怎麼走回去，當她回過神時，自己已經搭上了電車。她看著車窗外的黑夜，不禁捫心自問，到底為什麼要去東京？

1

島內園香和其他通勤的乘客一起出了綾瀨車站，走去公車站之前，先走向串燒店。今天由園香負責做晚餐，但昨天已經告訴母親千鶴子，她下班後會去串燒店外帶。雖然千鶴子調侃說：「又想偷懶？」但其實千鶴子也很愛吃串燒，所以應該不會有什麼不滿。

她站在店門前，抬頭看菜單後皺起了眉頭，因為鵪鶉蛋賣完了。怎麼辦？她忍不住猶豫起來。雖然還有另一家常去的串燒店，但離這裡有點遠。

園香拿出智慧型手機打電話給千鶴子。她們母女都很愛吃鵪鶉蛋，她不想因為輕易放棄，結果回到家挨罵。

但是千鶴子遲遲沒有接電話。千鶴子今天上早班，照理說應該已經回家了。

園香猜想千鶴子可能去了廁所，於是等了一分鐘再次撥電話，還是沒有人接。

算了——她決定在這家店買。反正想吃鵪鶉蛋，下次再來買就行了。

她點了七種串燒，各買了兩支，然後搭上公車。雖然紙袋飄出串燒的氣味，但她無法理會這麼多。

她隨著公車搖晃，眺望著日落後的街道。加油站、大型家電量販店、汽車經銷商，小商店、民宅和搞不清楚在做什麼生意的事務所夾在這些大型商店的縫隙中，這一切都已成為熟悉的景象。搬來這個城市即將四年，時間過得真快。因為和千鶴子一起生活，所以完全不會感到不安和緊張。即使換一個地方居住，母女的共同生活也很開心。雖然偶爾會發生口角，但從來沒有真的吵過架。

園香年幼時，千鶴子任職的育幼院內有很多孩子都沒有父母，所以她並不覺得自己生活在單親家庭有什麼特別，只是隱約以為父親已經死了。

但是讀小學後不久，開始有了各種想法。因為周圍的同學都有父母，她很想知道自己的父親是怎樣的人。

千鶴子據實以告。

「妳爸爸是媽媽以前在公司上班時的同事，但因為某些原因，我們無法結婚。媽媽很想要孩子，所以就生下了他的孩子，那就是妳。」

千鶴子最初只說了這些事，但在之後園香多次追問後，逐漸瞭解了狀況。對方有自己的家庭，得知千鶴子懷孕時，對方並不贊成把孩子生下來，甚至表明不會讓孩子認祖歸宗。千鶴子決定和對方分手，獨自把孩子撫養長大。生下園香之後，也沒有和對方聯絡，所以園香從來沒有見過父親。

園香得知這些事之後，並沒有受到打擊，反而失去了對父親的興趣。她曾經問千鶴子，父親是怎樣的人。千鶴子回答說：「是一個溫柔善良的人。」園香認為這樣就足夠了。

她難得沉浸在往事的回憶中，公車在不知不覺中已經到站了。園香拎著裝了串燒的紙袋下車，站在人行道上。

走了一段路，道路左側出現了一棟兩層樓的木造公寓。當初來看房子時，母女兩人都覺得「海豚公寓」這個名字很可愛，於是決定在這裡租屋而居。這棟公寓每個樓層都有四間房，沿著戶外的樓梯可以走到二樓。二樓右側角落的那間是園香和千鶴子的小城堡。

從戶外樓梯上樓後，沿著走廊走向住處時，她從皮包裡拿出鑰匙。燈光從門縫中洩了出來。千鶴子果然已經回家了。

園香打開門鎖，拉開了門，對屋內叫了一聲「我回來了」。平時千鶴子總是立刻回答說：「妳回來了。」但今天沒有聽到千鶴子的回應。園香在關上門脫鞋子的同時，忍不住歪著頭納悶。千鶴子的鞋子留在門口，代表並未外出。

她打量室內，不見千鶴子的身影，但千鶴子平時上班時用的托特包放在矮桌旁。

園香走進屋內，發現盥洗室的門敞開著。盥洗室後方是浴室，裡面亮著燈，門敞開著，隱約可以聽到流水的聲音。

「媽媽？」

園香走進盥洗室，向浴室內張望，忍不住倒吸一口氣。千鶴子倒在地上，她還沒有入浴，身上穿著衣服。

「媽媽！」園香大聲叫著，搖晃著千鶴子的身體，但千鶴子沒有反應，臉像蠟一樣慘白，閉著眼睛。

救護車……要趕快叫救護車。她衝出盥洗室，從皮包裡拿出手機，但一下子想不起叫救護車的號碼。

大約三個小時後，千鶴子在被送往的醫院內斷了氣。死因是蜘蛛網膜下腔出血。當負責手術的醫生將這個嚴重的結果告訴園香時，她一陣暈眩，無法站立。

園香和千鶴子並沒有親戚，但千鶴子有一個發自內心信賴、敬重的女人。園香年幼時，每逢假日，就會跟著千鶴子去她家裡玩。那個女人一個人住在獨棟的白色房子內，沒有孩子，丈夫也已經離開了人世。

園香叫那個女人奈江姨婆。雖然之後知道了她的全名，但仍然叫她奈江姨婆。奈江姨婆比千鶴子大了快兩輪，她們似乎是在千鶴子之前任職的育幼院認識的。

每次園香和千鶴子上門，奈江姨婆都很高興地歡迎她們，有時候也會準備玩具和衣服等禮物送給園香。千鶴子和奈江姨婆在一起時很放鬆，簡直就像是她的女兒。奈江姨婆總是親自下廚招待她們，但從來不讓千鶴子幫忙，要千鶴子休假時好好休息。

隨著園香漸漸長大，母女兩人一起去找奈江姨婆的機會逐漸減少，但千鶴子似乎會定期和奈江姨婆見面。園香回到家時，看到桌上有好吃的點心，問千鶴子為什麼會有點心，千鶴子經常回答說，是奈江姨婆送的。

千鶴子驟逝後，園香六神無主，只能去向奈江姨婆求助。奈江姨婆接到電話後說不出話，但隨即說馬上趕過去。她的語氣平靜，無法感受到任何感情。

奈江姨婆很快出現在醫院，雙眼哭腫了，而且全身散發出憔悴感。當她在病房面對千鶴子的遺體時，忍不住淚流滿面，嗚咽起來。

但是她在傷心過後，果然發揮出能幹的本色。園香完全不知道該怎麼辦，她代替園香俐落地安排了葬禮。她猜想園香獨自在家會很不安，晚上還來到公寓陪園香一起睡。多虧她的協助，園香在兩天之後，順利完成了沒有守靈夜，只舉行告別式和火葬的一日葬。

園香把母親的骨灰帶回家後，叫了外送的壽司，和奈江姨婆一起吃。

「我接下來該怎麼辦？」園香拿著筷子的手停在那裡，打量著室內。

奈江姨婆對她露出溫柔的微笑說：

「妳完全不必擔心，無論遇到任何問題，都可以來找我商量。千鶴子以前也經常和我討論很多事，我們也討論過妳的事。」

「謝謝。」園香向奈江姨婆道謝。她知道千鶴子曾經為自己未來的出路請教過奈江姨婆，當初也是奈江姨婆建議，女生要有一技之長，日後比較容易找工作，所以園香沒有讀大學，而是半工半讀，讀了一所專科學校。

「這個給妳貼補家用，也可以和朋友去旅行，放鬆一下心情。」

奈江姨婆臨走時，交給她一個信封，對她這麼說。她立刻知道信封裡裝了錢。園香起先婉拒，但最後還是收了下來。奈江姨婆離開後，她打開信封一看，發現裡面裝了十萬圓。她很感激，也當然不打算拿這筆錢去旅行，因為她非常瞭解日後的生活會很辛苦。

想到未來的生活，心情就很沉重。千鶴子無論在經濟上，或是精神上，都是支持園香的巨大支柱，是保護她免受一切考驗的牆和屋頂。千鶴子連五十歲都不到，園香一直以為她會健康長壽，永遠是自己依賴的對象。

園香目前在上野的花店工作，當初也是千鶴子為她找到了這個工作。當花店錄用園香時，千鶴子說要搬家。母女兩人原本住在千葉，如果白天在花店上班，晚上去專科學校上課，很難繼續住在家裡。千鶴子說，她剛好打算換工作，所以是良好的機會。園香一問之下才知道，千鶴子已經找到了在學校營養午餐中心的工作。千鶴子為了園香的將來著想，之前就開始做了周詳的準備工作。園香當時深刻體會到千鶴子獨立把女兒養育成人的心理準備，以及身為母親深深的愛。

千鶴子去世之後，她開始了孤單的生活。她在經濟上並不寬裕，但不能一直靠奈江姨婆接濟。因為奈江姨婆終究是外人，並沒有幫助園香的義務。雖然奈江姨婆可能和千鶴子之間有牢固的關係，但園香冷靜分析後認為，自己和奈江姨婆之間的關係並不算密切。

有一天，花店的店長把園香找去。店長是一個姓青山的女人，向來很關心園香。

青山店長旁有一個身穿西裝的男客人，看起來大約三十出頭。

「這位先生要找工作上使用的花，我瞭解詳細情況後，發現也許妳可以幫上忙。」

「請問要怎樣的花？」

「他想要搭配符合樂曲印象的花。」

「樂曲？怎樣的樂曲？」

園香問，那位先生拿出手機，用指尖操作後，很快聽到了音樂。聽起來像是用電子音樂呈現的古典音樂。

「除此以外還有七首，我想要找能夠搭配每一首樂曲的花，所以總共需要八款。如果可以，我希望能夠在兩、三天內完成。」

「哇，那很吃力。」園香情不自禁這麼說，然後又接著說：「但似乎很有意思……」

「可以拜託妳嗎？」青山店長問。

「我會盡力。」園香回答。

那位先生拿出名片自我介紹。他叫上辻亮太，從事影視傳播工作。

園香立刻和上辻一起聽音樂，討論該如何著手進行。聽完所有的音樂後，園香提議可以採用以原生花為主的搭配。

「原生花？那是怎樣的花？」

上辻問，園香搖了搖頭說：

「並沒有哪一種花叫原生花，而是指特定土地生長的特有的花。很多都是澳洲或是南非原產的花，具有獨特的個性。」

那天店內剛好有白千層、絨毛飾球花和小銀果，於是她給上辻看了這些花。

「真不錯，」他雙眼發亮地說：「所以妳會把這些花搭配在一起嗎？」

「有些原生花的花瓣質感完全不同，能夠搭配出豐富的組合。」

「太棒了，那就交給妳了，拜託了。」

「好。」園香回答。她覺得在千鶴子死去之後，第一次感到渾身充滿力量。

這次的工作很愉快，她經常忙得忘記了時間。聽上辻說，這些花將用來拍攝影視作品，想到將會有許多人看到自己的花藝作品，園香不由得感到緊張，但也覺得很有成就感。

三天之後，上辻看到園香設計的八種不同的花藝作品，雙手做出了勝利的姿勢。

「這就是我一直想要找的感覺，不受常識或是概念的束縛，完全憑直覺創作。除了呈現鮮花的美麗，還可以感受到生命力，以及生命的無常，簡直太完美了。」

上辻的盛讚讓園香感到難為情，她對自己的作品並沒有這麼大的自信，原本以為只要合格就好，但聽到別人的稱讚，當然不可能不高興。這種心情也影響了她對上辻的看法。她對上辻的第一印象就不差，他的衣著很得體，五官也很端正，而且很會說話，說的每一句話都很有說服力。園香之前就覺得他很不錯，所以當他提出為了感謝她協助他完成了工作，希望近日可以請她吃飯時，她甚至忘了客套推辭，二話不說就答應了。

幾天之後，上辻帶她去了一家位在日本橋的時尚法國餐廳。園香從來不曾去過那麼高級的餐廳，所以緊張不已，但上辻從容不迫地和餐廳的人交談後點了餐。

那是園香有生以來第一次吃正式的法國餐，每一道菜都美味可口，她簡直像在做夢。雖然只喝了幾口葡萄酒，但吃到一半就覺得身體輕飄飄的。

上辻一如往常地健談。原本以為他要開始聊一些費解的話題，沒想到他連結了生活周遭的事，或是在閒聊中談到未來的生意，讓園香百聽不厭。

「很希望以後還可以和妳再見面。」

臨別時，上辻對她這麼說，她想不到拒絕的理由。

於是，她開始和上辻亮太交往。當時正值千鶴子離開，她內心充滿不安的時期，和上辻的相遇剛好填補了她內心的失落。工作的方式、和他人交往——園香向他請教各種問題，上辻的回答總是充滿自信，沒有絲毫的猶豫。園香認為這代表他社會經驗豐富，也覺得他很值得依靠。

他們開始交往一個月後，上辻第一次去了她家。一個星期前，他們在東京都內的飯店上了床。上辻當時在床上說：「我想去妳家看看。」

雖然讓他看到自己住的老舊公寓很丟臉，但園香告訴自己，遲早必須讓他知道。

上辻坐在簡陋的餐桌椅上打量室內，小聲說：「很不錯的房間，整理得很乾淨，而且比我想像中更大。」

「因為之前我和我媽兩個人住在這裡，這棟公寓的屋齡有四十年了。」

園香吐了吐舌頭，聳了聳肩膀。

「我知道問這個問題很失禮，這裡的房租是多少？」

「五萬八千圓，兩千圓管理費。」

「六萬圓嗎？妳有辦法付嗎？」

「目前還沒問題。」

上辻露出思考的表情沉默片刻，緩緩拿出皮夾，把三萬圓放在桌上說：

「我贊助一半。」

園香大吃一驚，搖了搖頭說：「不用了。」

「請妳收下，而且我還想再來妳家。」

「你隨時都可以來……」

「既然這樣，妳不收下，我就很傷腦筋了。如果妳願意收下，我可以想來就來。」

「你不必這麼客氣。」

「那怎麼行？我不希望妳把我當客人。」

既然他這麼說，園香只好收下了。「那好吧。」園香伸手拿了那三萬圓。

那天晚上，園香親自下廚。雖然並沒有做什麼豪華大餐，對味道也沒有自信，但上辻讚不絕口，連聲說「好吃、好吃」。之後他們在冰冷的被子中相擁。

「去買一張床。」園香躺在他手臂上時，他這麼說，「這樣就不需要把被子搬進壁櫥了。」

「不知道要多少錢。」

「我來買，妳不必在意。對了，這個娃娃是怎麼回事？」

上辻拿起放在枕邊的娃娃。那是一個手工製作的娃娃，穿了一件藍色和粉紅色條紋圖案的毛衣，但已經褪了色。

「這是媽媽的遺物。」園香簡短地回答。

「妳平時都和這個娃娃一起睡覺？」

「睡覺時會放在旁邊。」

「這樣啊，等買了床之後，就放去櫃子上。」上辻把娃娃放回原來的位置。

隔天早晨，他們一起出了家門，園香把家裡的備用鑰匙交給了上辻。

那天之後，上辻經常來園香家，而且上門的頻率越來越高，有時候園香回到家時，發現他躺在床上。上辻每次來都會過夜，為了方便隔天出門上班，除了內衣褲和襪子，連西裝也都放在園香家。

「我看乾脆把我租的房子退租，搬來妳這裡。」兩人一起吃晚餐時，上辻這麼說，「因為我回去那裡也只是睡覺而已。」

上辻租了一間三坪大的套房，園香曾經去過一次，雖然房間很漂亮，但連坐的地方都沒有。

「你願意住這種破房子嗎？」

「我已經習慣了，而且俗話不是說，金窩銀窩不如自己的狗窩嗎？」上辻笑著說，「好，那就這麼決定了。」

「嗯。」園香點了點頭。

一個星期後，上辻搬了過來。園香很驚訝他的行李竟然那麼少。他說自己向來堅持少而精主義。

他們開始了同居生活。早晨醒來就可以看到情人的生活新鮮又刺激，而且雖然園香廚藝不精，但看到他總是吃得津津有味，園香也感到很高興。

2

轄區分局準備的車子不是警車，而是白色轎車。草薙坐上後座時，暗自鬆了一口氣。如果是停在馬路旁，問題倒還不大，但警車長時間停在住宅區，附近的居民一定會在好奇心的驅使下，拍影片傳到社群網站上。

「那棟公寓離這裡有多遠？」草薙問坐在駕駛座上的刑警。他是生活安全課的巡查長，姓橫山，年紀大約三十出頭。

「差不多十分鐘出頭，因為離這裡不到三公里。」

「沒想到這麼近，那就麻煩你了。」

「是。」橫山點了點頭，發動了引擎。

坐在草薙身旁的內海薰操作著手機，手機螢幕上顯示了地圖。她似乎想瞭解周圍的情況。

「最近的車站是哪一站？」草薙在一旁問。

內海薰微微歪著頭回答說：

「勉強可說是東京地鐵千代田線的北綾瀨車站，或是筑波快線的六町車站，但真的很勉強。」

「聽妳的語氣，似乎離兩個車站都很遠。」

「走路應該要三十分鐘。」

「那根本稱不上是最近的車站，不知道住在那裡的人平時怎麼去車站。」

「如果不是自己開車，應該就是搭公車。」橫山說，「通常都是搭東武客運的公車到綾瀨車站，否則就是騎腳踏車。」

「原來是這樣。」

雖然很不方便，但或許有益健康，草薙真心這麼想。和年輕時相比，他現在很少有機會活動身體。原本以為升上股長後，工作壓力會讓自己瘦下來，但長褲的褲腰一年比一年緊。雖然上司經常說他越來越有威嚴，但他一點都不高興。

載著他們三個人的車子沿著主幹道行駛了一小段路之後左轉，單側只有一個車道的路勾勒出和緩的曲線並向北延伸，道路兩旁有民宅、工廠和居家修繕中心等店家。

經過一所小學後，橫山踩了煞車，把車子停在路旁。

「就是這棟公寓。」橫山看著左側說。

草薙看向車窗外。那是一棟木造兩層樓公寓，牆上的「海豚公寓」幾個字幾乎看不見了。每個樓層有四間房，身穿制服的員警站在二樓的最右邊。那裡似乎就是他們要去的那間。

橫山熄火後，草薙下了車。

他走向公寓的同時打量周圍。附近有很多住宅，但右側那棟房子有一家店掛著居酒屋的招牌。從招牌來看，似乎也可以唱卡拉ＯＫ。不知道有沒有做完善的隔音設施，如果喝醉酒的客人唱歌的聲音傳出來，很可能會和鄰居發生糾紛。

草薙和內海薰跟著橫山沿著公寓外側的樓梯上了樓，橫山向站崗的員警打招呼後，員警打開了門鎖。

「請進。」

在橫山的示意下，草薙戴上手套，走向房門。

打開門，看到一個狹小的玄關。草薙脫下鞋子走進屋內，聞到了淡淡的除臭劑味道。

他抱著雙臂，環顧室內。前面是廚房兼飯廳，後方有兩個房間，兩個房間都是和室。正方形的小餐桌旁有兩張椅子面對面，桌上只有一盒面紙。牆邊是一個小型碗櫃和小型液晶電視。

草薙繼續往裡面走，探頭向左側的房間張望，發現窗邊放著電腦桌和椅子，那台筆電比草薙平時常見的筆電大一號。

雖然有一個小型書櫃，但零星的東西和雜物比書更多，上面還放了一些藥品。

「這個房間似乎沒有動過的痕跡。」草薙小聲嘟囔。

「上次搜索時，幾乎沒有碰這個房間。」橫山說，「因為上面交代，除了採集ＤＮＡ和毛髮以外，盡可能不要碰其他東西。」

「原來是這樣。」

草薙看向另一個房間。那個房間內有一張雙人床，牆邊有一個很大的架子，而且和雙人床之間放了一個伸縮衣架，就占滿空間了。但伸縮衣架上有好幾個空衣架。

打開壁櫥門，裡面堆著收納箱和紙箱。

「股長，」內海薰叫著他，「沒有化妝品。」

「化妝品？」

「我看了洗手台，完全沒有看到任何化妝品類的東西，沒有化妝水和乳液，也沒有卸妝油，應該是有人帶走了。」

「我瞭解了。」

也就是說，住在這個房間的人很可能是基於自己的意志失去了消息。內海薰不愧是女人，著眼點果然很精準。

五天前的十月六日，海上保安廳的直升機在南房總海上發現一具漂流的遺體。遺體損傷嚴重，根據遺體的服裝、體型和毛髮的狀態，研判是二十多歲至四十多歲的男性。遺體身上完全沒有任何可以證明身分的東西，但在仔細觀察遺體後，發現了一個重大的事實，遺體的後背有看起來像槍傷的傷口。經過司法解剖，在體內發現了子彈。因為是從背後開槍，所以自殺的可能性很低，研判是遭到槍殺的遺體。

向全國各地警局照會後，發現很可能是東京都足立區的一名失蹤人口。

失蹤者名叫上辻亮太，九月二十九日，和他同居的女人去向警局報了案。

但是當初受理的員警試圖和報案的女人聯絡時，手機遲遲無法接通。無奈之下，只能來到公寓找人，卻發現女人不在家。打電話向女人工作的地方詢問，得知她目前正在請長假，而且是在她向警方報案，說男友失蹤的三天後十月二日早上，突然向工作的地方提出要離職，事先完全沒有打過任何招呼。

之後又發現了新的事實。上辻亮太在九月二十七日，向足立區內的一家租車行租了一輛車，但過了還車日的二十八日，他仍然沒有將車子還回車行。車行員工打他的手機也無法接通，於是就根據駕照上的地址找上門，結果得知他幾個月前就搬家了。租車行在十月五日向警方報案。

轄區分局以上辻亮太涉嫌侵占的嫌疑，申請了逮捕令，搜索了他的住家。從扣押的牙刷和刮鬍刀等，採集樣本進行了ＤＮＡ鑑定，發現和在南房總海上發現的遺體一致的機率相當高。

不久之後，就在館山市區某購物中心的停車場發現了上辻租的那輛車。根據設置在停車場入口的監視器影像紀錄，車子在二十七日晚上八點多駛入停車場。應該是兇手把車子開去那裡，但無法看到兇手的樣子。鑑識人員在調查車內後發現有仔細打掃過的痕跡，完全找不到一根毛髮。

於是警方針對這起殺人和遺棄屍體事件展開了調查，轄區警局向警視廳搜查一課請求協助，由草薙率領的那一股接手這起案子，將和千葉縣警成立共同搜查總部，草薙在那之前先來被害人的住處察看。

「聽說房東就住在附近吧？」草薙問橫山。

「對，就住在旁邊那棟透天厝。」

橫山回答說，房東姓田村。

草薙點了點頭，朝內海薰的方向看去：

「妳去看一下，如果房東在家，請他過來一趟。」

「好。」女刑警說完後轉身離去。

草薙將視線移回橫山身上。

「可以請你再詳細說明一下你當時受理報案時的情況嗎？」

「好，沒問題。」橫山爽快回答。上辻亮太的同居人為他的失蹤報案時，是橫山負責受理。

他們面對面在小餐桌旁坐了下來。草薙從懷裡拿出了摺起的紙。那是失蹤人口案件登記表的影本，報案人名叫「島內園香」，是上辻亮太的同居人。

「根據這張登記表上的資料顯示，島內小姐是在上個月二十七日早上最後一次看到上辻。」

「對，因為她和朋友一起去京都旅行兩天一夜，回到家之後，發現他不見了，直到隔天仍然沒有回家。即使想要打聽他的下落，也不知道任何聯絡電話，而感到手足無措。到了晚上，越來越擔心，於是就衝進警局報案了。」

「上辻的職業是什麼？如果在公司上班，應該會在職場引起騷動吧？」

「他離開了之前任職的公司，目前是自由接案。聽說正準備開事務所，好像是從事影視方面的工作，但島內小姐也不清楚他工作的詳細內容。」

「從事影視工作的自由業……」

草薙對這個行業一無所知。難道是因為上了年紀，所以才會產生可疑的印象嗎？

「島內小姐在旅行時沒有和上辻聯絡嗎？像是電話或是電子郵件，還有社群軟體之類的。」

「聽說傳了幾次訊息，但一直沒有看到對方已讀，而且電話也打不通，所以很擔心，但之前也曾經發生過相同的情況，那一次是手機關機，她以為這次可能也一樣。」

「島內小姐的態度怎麼樣？有沒有什麼不自然的地方？」

橫山抱著雙臂，歪著頭發出呻吟。

「有點不太好說。因為既然會來報失蹤人口，顯然內心很擔心，看起來很慌亂。她的氣色看起來不太好，填資料時，手也不停地發抖，但來報失蹤人口的人經常都有這種情況，所以我並不覺得有什麼不自然。」

「你說她和朋友一起去京都旅行，你有沒有問那個朋友的名字或是電話？」

橫山聽了草薙的問題，尷尬地皺起眉頭回答說：「對不起，我並沒有問……」

「這樣啊，不，這不能怪你，我只是隨口問一下。」

這時，玄關傳來敲門聲。門打開了，內海薰探頭進來。

「我帶房東田村先生來了。」

「請他進來。」

在內海薰的示意下，一個穿著開襟衫的胖男人走了進來。他的年紀大約

六十五、六歲。

橫山站了起來，請田村坐在椅子上。草薙也起身自我介紹。

「不好意思，百忙之中打擾了。」

田村露出既害怕、又警戒的眼神點了點頭，在椅子上坐了下來。

草薙也再次坐下來問：「請問你知道情況了嗎？」

田村嘆了一口氣說：「真傷腦筋，沒想到竟然會發生這種事。」

「請問你很瞭解上辻先生嗎？」

田村聽了草薙的問題，一臉狐疑地皺起眉頭問：「上辻先生？」

「股長，情況和你想的不太一樣。」內海薰插嘴說。

「不太一樣？什麼不一樣？」

「是女方租了這個房子，之後上辻先生搬來和她同居。」

「原來是這樣啊。」

「不好意思，剛才忘了向您說明。」橫山在一旁鞠躬說道，「這個房間的租屋人是島內園香小姐。」

草薙發現自己之前完全沒有想過是誰租的房子這個問題。他聽說一男一女同居，就認定是男的租了房子。

草薙再次轉頭看著田村問：

「那可以向你打聽一下島內小姐的情況嗎？」

「是沒問題，但我不知道她的下落，因為最近和她並沒有太多交集。」

「只要說明你知道的情況就可以了。首先想請問一下，島內小姐是從什麼時候開始住在這裡？」

「五年前的三月，她們母女一起搬進來。」

「母女？」

「她和她媽媽兩個人，當時是她媽媽和我簽約租屋。」

「她媽媽目前去了哪裡？」

田村微微搖了搖頭說：「一年半前去世了。」

「是因為車禍還是什麼原因？」

「生病死了。在打掃浴室時蜘蛛網膜下腔出血，她女兒發現後叫了救護車，最後還是在醫院死了。真的很可憐，她當時應該還不到五十歲。」

據田村說，島內園香高中畢業後，她們母女從千葉搬來這裡。母親千鶴子在學校的營養午餐中心工作，園香白天在上野的花店工作，晚上去專科學校上課。雖然經濟並不寬裕，但在千鶴子猝死之前，她們從來不曾遲繳房租。

「真的很可憐，她不久之前才高興地對我說，女兒好不容易從花店的約聘員工成為正式員工，終於可以稍微喘口氣了。她死了之後，園香也有點不知所措，那時候第一次遲繳了房租。」

「但她之後仍然住在這裡。」

「她當時曾經猶豫，不知道該怎麼辦，但是如果要重新租房子，就需要一筆錢，而且搬家的費用也是一筆不小的開支，所以就決定續約。」

「那個姓上辻的男人從什麼時候開始搬來這裡同居？」

「我也不是很清楚。」田村皺起眉頭，「大約從一年前開始，有時候會見到他，但不知道他們從什麼時候開始同居，感覺像是不知不覺中住了下來。因為他看起來不像壞人，所以我也沒有說什麼。因為當初就同意這個房間可以住兩個人。」

「聽說他最近是自由接案，你知道他以前工作的地方嗎？」

「我不知道，上辻這個名字也是剛才第一次聽到。」田村板著臉說。

「他們最近看起來怎麼樣？有沒有什麼不尋常的情況？」

「沒有，」田村在臉前搖著手說：「我剛才不是也說了嗎？最近沒怎麼打交道，只是遇見時打一下招呼而已。」

田村的態度顯然想要逃避責任。他可能很後悔，覺得早知道應該在她母親死的時候解約。

3

薰站在排放了五彩繽紛花朵的店門口，忍不住想要嘆氣。已經好幾年沒有送花給別人了，最後一次是很久以前，曾經心血來潮送了康乃馨給母親。至於收到別人花的記憶，那就更久遠了。

這樣的職場太優雅。總覺得在這種地方工作，可以遠離醜陋的人際關係，但現實或許並非如此。

她來到位在上野車站旁這棟大樓三樓的花店，有一名年輕女店員在店裡，薰叫住了她，向她表明身分，說想要和負責人見面。

店長是一個四十歲左右的女人，感覺為人很誠懇。胸前別著寫了「青山」的名牌。

「不好意思，在妳忙碌之際打擾。我想請教一下有關島內園香小姐的事。」

青山店長皺起眉頭說：

「我聽說有警察來找我，就猜到是為了這件事。因為不久之前，也有警察來打聽她的事。」

「我聽說了，當時妳回答說，島內小姐目前正在請長假。」

「對。」

「關於這件事，我也想瞭解詳情，可以稍微占用妳一點時間嗎？」

「沒問題，但到底發生了什麼事？」

「不瞞妳說，」薰迅速打量周圍後，把臉湊到青山店長面前說：「島內小姐失蹤了，有可能被捲入了刑事案件。」

「怎麼會……」青山店長頓時臉色發白。

「我們去可以安靜說話的地方慢慢聊。」

薰指向斜對面的咖啡店。她事先已經找好了地方。

「園香是在高中畢業後，以約聘員工的身分開始來店裡上班，所以我們一起工作超過了五年。她在工作三年後，就轉為正式員工。」

青山店長把裝了拿鐵咖啡的紙杯放在眼前說道。她說島內園香的工作態度很認真，之前從來沒有發生過任何問題。

「客人對她的評價也很高，她能夠設身處地為客人挑選花，但絕對不會固執己見，所以和她討論很愉快。園香自己也說，很開心能站在客人的角度挑選花的搭配，她也很喜歡這份工作。」

青山店長說話的語氣充滿熱忱，想必是發自內心的意見。

「聽說她在十月二日早晨突然提出要請長假？」

「她在上班時間之前打電話到店裡，說因為臨時有事，暫時無法來店裡上班，如果會造成店裡的困擾，可以解僱她。」

薰停下了做筆記的手。

「聽起來很緊急，好像發生了什麼大事。妳有沒有問她詳細的情況？」

「我當然問了她，但她沒有告訴我，只說是私事。」

「島內小姐打電話時的態度如何？說話的語氣和平時一樣嗎？」

「不，她說話的速度很急促，有一種好像迫在眉睫的感覺。其實她在之前就有點奇怪，氣色很差，好像總是在想心事。」

「妳說的之前是多久之前？」

「我無法斷言，但應該是去京都旅行回來之後。」

「京都旅行？是上個月二十七日和二十八日那一次嗎？」

「對。因為那兩天她休假，她說要和朋友一起去京都旅行。去旅行之前很期待，但回來之後，感覺好像和之前不太一樣了。」

「請問妳有沒有聽說是誰和她一起去旅行？」

「好像是她高中時參加同一個社團的同學，至於名字就……」

同一個社團的同學——應該有辦法查到。

「她提出要請長假，妳當時怎麼回答？」

「我和總公司討論之後，暫時以休假處理，但是之後我有事想要聯絡園香，於是打電話給她，電話一直打不通，所以我很傷腦筋，而且更擔心是不是出了什麼事。」

「所以妳對島內小姐的下落完全沒有頭緒。」

「沒有。」

青山店長露出真摯的眼神搖了搖頭，看起來不像是裝出來的。

薰決定改變問題的方向。

「請問妳有沒有聽過上辻先生的名字？全名是上辻亮太。」

「我知道，是園香的男朋友吧？」

「妳曾經見過他嗎？」

「見過一次。正確來說，是上辻先生因為工作的關係來店裡，他們也是因為這個關係開始交往。」

「工作關係？上辻先生也從事花卉相關的工作嗎？」

「不，他從事影視方面的工作，所以來店裡找拍攝時使用的花，當時我請園香協助他。」

「他當時有沒有給妳名片？」

「應該有，只是不知道有沒有留下來……上辻先生只來過這麼一次。」

薰猜想青山店長應該把名片丟掉了。只能死心了。

「請問妳知道島內小姐和上辻先生同居的事嗎？」

「我聽說了這件事。那時候園香母親剛去世不久，她一個人生活應該很孤單，所以我覺得很不錯。」

「島內小姐最近有沒有向妳提到有關上辻先生的事？」

青山店長聽了薰的問題，露出了沉思的表情。

「最近沒有聽說什麼，但他們剛開始同居的時候，曾經聽說他們一起去看電影，之後就很少再提起。雖然我很關心他們之後的發展，但她畢竟還年輕，而且他們又沒有結婚，所以我以為他們已經分手了。因為她沒有提起這件事，我主動問東問西也很奇怪，也就沒有多問。」

從青山店長說話的語氣，可以感受到她在和年輕員工相處時很謹慎。

「除此以外，還有沒有其他關於島內小姐的異常情況？像是做了和平時不一樣的事，或是店裡接到了奇怪的電話之類的。」

青山店長一臉嚴肅地想了一下後，緩緩開口說：「雖然談不上是奇怪的事……」

「請問是什麼事？任何枝微末節的事都無妨。」

「差不多一個月前，園香因為身體不舒服請了假，沒想到那天剛好有人來找她。是一位上了年紀的婦人。」

「上了年紀的婦人？來找島內小姐嗎？」

「對。我說她身體不舒服，請假在家休息，那位老婦人立刻露出擔心的表情離開了。」

「她沒有買花嗎？」

「沒有。」

也就是說，那位老婦人來店裡的目的就是為了找島內園香。

「之後那位老婦人還有再來嗎？」

「應該沒有。至少我在店裡的時候沒有見過她。」

「妳有沒有把這件事告訴島內小姐？」

「有。」

「她怎麼說？」

「她只說是認識的人，並沒有多說，所以我也就沒有多問。」

這件事令人在意。薰翻開記事本，拿起原子筆。

「請問是怎樣的老婦人？大致的印象就好，可以請妳告訴我嗎？」

「妳問我是怎樣的老婦人……因為是一個月前的事，我已經不記得她的長相了。」青山店長露出努力回想的表情，「我記得她大約七十歲左右，雖然上了年紀……這樣說可能有點失禮，但感覺很脫俗，很懂得打扮，化妝的方法很有氣質，髮型也很講究。」

「所以看起來是有錢有閒的老婦人嗎？」

「是啊，但感覺很亮麗，我記得當時覺得她應該經常和別人打交道。」

薰用原子筆在記事本上記錄起來。這條線索可能很重要——身為刑警的直覺這麼告訴她。

4

「在搜索住家時發現了線索，目前已經知道了上辻之前的職場。」

薰拿著草薙遞給她的Ａ４尺寸的紙，上面是一張名片的影本。在「ＵＸ印象工房」的公司名字旁，印了「上辻亮太」的名字，頭銜是「製作總監」。

「根據這家公司的官方網站顯示，業務內容是製作各種影視作品，從網站來看，應該並不是什麼大公司。之前的大部分作品都是廣告，應該是承包大型製作公司的業務。目前已經派岸谷等人去瞭解情況，但上辻在八個月前就辭職了。」

「離職的理由是什麼？」薰把影印紙交還給草薙。

「不知道，岸谷他們應該會問清楚。」

薰環顧四周，許多偵查員都在把紙箱打開。那些應該都是從島內園香他們的住處扣押的東西。

「搜索住家已經告一段落了嗎？」

「暫時告一段落了。」草薙一臉不悅地摸了摸人中。

「看來成果不太理想。」

「老實說，妳猜對了。能夠扣押的東西很少，上辻似乎在搬進那棟公寓時，盡可能處理了自己的隨身物品，幾乎找不到任何有助於瞭解他人際關係的物品，相關資料恐怕都在他的智慧型手機上。最近在搜索住家時，經常會遇到這種情況，這次的情況尤其明顯。目前正在向電信公司調閱通聯紀錄，不知道到底能夠掌握到多少情況……」

「對上辻目前為止的經歷掌握了多少？」

草薙拿起了放在桌上的另一份資料。

「上辻亮太，三十三歲，來自群馬縣高崎市，老家的父母仍然健在。有人和他老家的父母聯絡後報告，他的父母這幾年和他關係疏遠，完全不知道他的近況。聽說他父母會來領取他的遺體，我打算直接向他們瞭解情況，只不過可能無法期待有什麼收穫。」

這時，一名年輕偵查員叫了一聲：「內海前輩。」他手上拿著像是相簿的東西，「這是妳之前要求的東西。」

「謝謝。」薰說完，接過了相簿。

「這是什麼？」草薙問。

「島內園香小姐的高中畢業紀念冊。」

薰翻開相簿，翻了幾頁之後停下了手。在「三年二班」的那一頁上，有許多男生和女生的照片，中間有一個剪了一頭漂亮短髮、大眼睛的女生，一看就知道幾年之後就會成為美女。照片下方寫著「島內園香」的名字。

島內園香就讀的高中位在千葉縣的一個小城鎮。因為事先打電話說明了此行的目的，所以薰來到學校後，就被帶進會客室。不一會兒，一名姓野口的中年男老師走了進來。他是社會老師，目前是一年級的班導師。

「和島內同一個社團，而且和她關係很好的同學，應該就是岡谷。」

野口翻開了薰帶來的畢業紀念冊，指著一名女學生說。照片中的少女緊抿著雙唇，露出了好勝的眼神。照片下方寫了「岡谷真紀」這個名字。

「她們參加的社團是美術社，我記得文化祭的時候，她們兩個人製作了巨大的看板，每天都忙到很晚才回家。」野口露出了充滿懷念的眼神。

「請問你知道岡谷小姐目前的聯絡方式嗎？正如我在電話中所說，島內小姐有可能被捲入某起刑事案件，而且目前下落不明。目前發現岡谷小姐可能是最後見到她的人，所以無論如何都希望向岡谷小姐瞭解情況。當然我向你保證，絕對不會對外透露。」

野口聽了薰的話，露出了凝重的表情說：「請妳稍等片刻。」然後走出了會客室。

十分鐘後，野口走回會客室，把一張便條紙放在薰的面前。上面寫了地址和手機號碼。

「我打電話給岡谷的母親，向她說明了情況，問她是否可以把她女兒的聯絡方式告訴我，於是她就告訴了我。岡谷目前在東京當美髮師。」

「謝謝。」薰道謝後，拿起了便條紙。住址是在小金井市。

「話說回來，真是令人擔心，到底發生了什麼事？希望島內平安無事。」野口露出擔心的表情。

「這也是我們最擔心的事。」薰把便條紙放回皮包，「野口老師，不知道在你眼中，島內小姐是怎樣的學生？」

野口想了一下後開口說：

「她是一個乖巧認真的學生，至於成績……」野口微微歪著頭說：「差不多是中下。也許是因為她的家境並不富裕，所以並不會很引人注意。」

「聽說她和母親相依為命。」

「是啊，在親師懇談會時曾經聽島內的媽媽說，她是所謂的單親媽媽。」

「請問你知道她媽媽去世的消息嗎？」

「啊？她媽媽去世了？」野口瞪大了眼睛，「什麼時候？」

「據說在一年半前，因為蜘蛛網膜下腔出血。」

「這樣啊，不，我完全不知道這件事。她媽媽還很年輕啊，是不是過勞？我記得曾經聽島內說，那份工作無論對精神還是肉體都會造成很大的壓力。」

「那份工作是指？」

「島內的媽媽之前在育幼院工作，就在離這裡兩個車站的地方。」

「育幼院嗎？請問叫什麼名字？」

「呃，叫什麼名字呢？」野口歪著頭思考。

薰慌忙說：「沒關係，我會調查。」

「她媽媽去世了，那真的讓人有點擔心。」野口露出沉思的表情。

「請問是什麼意思？」

「因為我記得她很依賴母親，她媽媽也說她遇到重要的事，無法自己做決定，以前在學校的時候也這樣。她無法表達自己的意見，很容易受別人影響。不知道該說她心地太善良，還是太在意別人。」

「這樣啊。」

薰忍不住思考，向來無法自己決定重要大事的人突然失蹤，這到底是怎麼回事？

走出學校大門後，薰向草薙報告了情況。

「似乎小有收穫，妳馬上和那個姓岡谷的同學聯絡。如果對方同意，馬上就去找她。」

「我可以直接和她聯絡嗎？會不會引起她的警戒？」

「不必擔心，如果她和事件無關，就不會有問題；如果有關，應該會料到警方遲早會找上門，所以不必玩什麼小伎倆，直接去找她。」

「我瞭解了。」

掛上電話後，她看著野口給她的便條紙，按了手機的號碼。對方是美髮師，目前應該在上班。不知道她是在哪裡的髮廊上班，希望不是在小金井市內，因為離這裡太遠了。

薰在幾分鐘後通完了電話，暗自鬆了一口氣。岡谷真紀在表參道的髮廊上班。從這裡搭車到上野，再換一班地鐵就可以到。

搭上地鐵後，她用手機搜尋野口剛才提到的育幼院，很快就找到了。那家名叫「朝影園」的育幼院的確離剛才的高中很近。

島內園香的母親——千鶴子，直到五年半前，都在那裡上班。既然這樣，和目前這起事件有關的可能性就很低。薰猜想自己應該不會去那家育幼院。

她很快來到表參道。這一帶很不可思議，知名的主要街道上有許多名牌精品店，但走進岔路後，氣氛完全不一樣。富有個性的店家散發出各自的主張，隱藏在只有老主顧才知道的角落。

薰要去的那家髮廊也幾乎淹沒在民宅之間。雖然店面就在馬路旁，但走到門口之前，完全看不出是一家髮廊。站在店門前，可以隔著玻璃看到明亮的店內。

內海薰推門而入，坐在小櫃檯前的年輕女人面帶笑容向她打招呼：「歡迎光臨。」

「不好意思，我不是來剪頭髮的。我姓內海，來找岡谷小姐。」

「請稍候。」年輕女人說完，快步走了進去。

不一會兒，一個身穿白襯衫、牛仔褲的女人走了出來。她看起來當然比畢業紀念冊上成熟多了。

「我姓內海，不好意思，在妳上班時間上門打擾。」薰鞠躬說道。

「妳說三十分鐘左右，對嗎？」岡谷真紀抬眼問。

「對，我會盡可能長話短說。」

「可以去外面聊嗎？因為休息室很小。」

「當然沒問題，給妳添麻煩了。」

走出髮廊，過了馬路，她們再度面對面。薰拿出名片自我介紹。

「正如我在電話中所說，我想請教幾個有關島內園香小姐的問題。聽說妳和島內小姐是高中同學？」

「我們一起參加美術社。剛才我媽傳訊息給我，說警察可能會打電話給我。園香果然出事了嗎？」

「果然是什麼意思？」

「因為她突然失聯了。我傳了好幾次訊息給她，她都沒有回覆，也沒有已讀，電話又打不通……所以我很擔心。」

「請問妳最後一次聯絡她是什麼時候？」

「我記得是上個月二十八日。我們前一天一起去京都，那天才回來。我在睡覺前傳訊息給她說，玩得很開心。當時園香很快就回了訊息，說下次同時放假時，再一起出去玩。」

「這次去京都旅行是妳約她的嗎？」

「不，是園香約我。她說有旅遊券，可以搭新幹線去京都，而且住在高級旅館，問我要不要一起去。二十八日星期二剛好是店休的日子，所以我前一天星期一向店裡請了假，和她一起安排了兩天一夜的行程。」

「旅行時，島內小姐有沒有什麼不對勁的地方？比方說，會不會經常若有所思？」

岡谷真紀歪著頭，在身體前方搓著雙手說：

「她的確像是若有所思、心不在焉的，好幾次叫她，她都沒有回應。」

岡谷真紀說到這裡，輕輕搖了搖手說：「但是對園香來說，這種情況很常見。」

「這種情況很常見？」

「她以前就這樣，一旦進入自己的世界，就會渾然忘我。她說自己在畫草圖，或是思考花藝的點子時，就完全無法顧及其他事。所以我們去京都旅行時，看到她這樣，我也並沒有太在意。」岡谷真紀說到這裡，停頓了一下，「但是有一件事和平時不一樣。」

「什麼事？」

「就是她這次不太在意她男朋友傳的訊息。」

「在意她男朋友的訊息？這是怎麼回事？」

「我們以前一起喝咖啡時，她男朋友也經常傳訊息給她，問她在哪裡，和誰在一起。聽說只要她稍微晚一點回覆，她男朋友就會生氣，所以園香總是急著回訊息。但這次去京都時，很少有這種情況，應該說幾乎沒有接到她男朋友傳來的訊息。雖然我很想問她是怎麼回事，只不過難得玩得很開心，我想可能是自己太多管閒事，所以就沒問。」

「她的男朋友就是和她同居的上辻先生，上辻亮太先生吧？」

「沒錯。」

「妳見過他嗎？」

「沒有。雖然我對園香說過好幾次，讓我見一見她的男朋友，她每次都說改天再說，對我顧左右而言他。」

「改天……對了，妳們去京都旅行時有沒有拍照？」

「有啊。」

「可以傳幾張照片給我嗎？我保證絕對不會外傳。」

岡谷真紀從牛仔褲後方口袋裡拿出手機，微張著嘴操作後，把手機螢幕出示在薰面前問：「這張可以嗎？」

照片中，她們兩個人站在水池前比出勝利的姿勢。和畢業紀念冊上的照片相比，島內園香成熟很多，但臉很小，身材也很苗條，如果穿少女的衣服，也許看起來像十幾歲。

包括那張照片在內，岡谷傳了三張照片給薰。

「請問……」岡谷真紀把手機放回口袋時，露出試探的眼神看著薰問：

「園香是不是逃走了？」

「逃走？逃離誰？」

「就是……」岡谷真紀把臉湊了過來，「就是逃離她男朋友。」

「請問是什麼意思？」

「園香的男朋友好像會打她，就是所謂的家暴。」

薰的身體忍不住向後一仰，注視著岡谷真紀的臉問：「是她親口告訴妳的嗎？」

「她並沒有明說，但我一直認為是這樣。她為了預防感冒，經常戴著口罩，但有好幾次連喝咖啡時也不把口罩拿下來，把吸管塞進口罩裡喝咖啡。雖然她謊稱是因為沒有化妝，但我想應該是為了掩飾瘀青。她曾經戴很深的墨鏡，我曾經開玩笑問她，是不是被人打得鼻青臉腫？沒想到她一個勁地否認沒這回事，當時的反應很不自然。」

從岡谷真紀熱切的口吻中，可以感受到她為朋友擔心的心情，和終於說出深藏在內心的秘密的解脫感。無論如何，顯然她並不是隨口說說而已。

「大約從什麼時候開始有這種情況？」

「確切我不太記得了，但應該是從半年前開始。我們曾經約好見面，但她傳訊息給我，說臨時有事，我猜想應該是她傷勢很嚴重，無法掩飾的關係。」

「所以妳認為一再發生這種事，她終於忍無可忍，所以逃走了，是不是這樣？」

「對。」岡谷真紀點著頭。

「京都旅行可能是一切的開始，然後她把手機也丟掉了……所以在旅行時，她男朋友都沒有傳訊息給她。現在下落不明，也是為了避免被她男朋友找到……是不是這樣？」

岡谷真紀的推理很有意思，如果上辻亮太還活著，這樣的推理才能成立。岡谷真紀似乎還不知道他已經死了，薰認為沒必要告訴她，所以表示同意說：

「也許是這樣，但如果真的是如此的話，島內小姐沒有和任何人商量嗎？」

「不清楚。」岡谷真紀歪著頭說，「雖然我自己說有點奇怪，我想不到園香還有其他比我和她更要好的朋友，但也可能是我不認識的人……」

「除了朋友以外，島內小姐有沒有信任，或者說信得過的人？比方說，老師之類的……」薰說到這裡，露出了苦笑，「現在的年輕人應該不會依賴老師。」

「是啊，不可能是老師。」岡谷真紀也露出了笑容，但立刻恢復了嚴肅的表情說：「也許告訴了奈江姨婆。」

「奈江姨婆？」

「我曾經聽園香說，雖然她們沒有血緣關係，但她死去的媽媽把奈江姨婆視為親生母親。園香小時候也經常去奈江姨婆家玩，在她媽媽去世時，奈江姨婆也曾經幫了她很大的忙。」

「妳知道奈江姨婆的正確姓名嗎？」

「這就……因為我只聽園香叫她奈江姨婆。啊，但園香曾經告訴我，她是畫繪本的。」

「繪本？所以是繪本作家嗎？」

「我不知道是不是職業的繪本作家，但園香曾經說，奈江姨婆在畫繪本。」

「奈江姨婆……」

薰想起剛才在花店聽說，一個月前，曾經有一個七十歲左右的老婦人去找園香這件事。

「繪本作家奈江姨婆嗎？」草薙聽了薰報告的情況後，靠在椅子上，摸著下巴，換了另一隻腳蹺起二郎腿。

「聽岡谷小姐說，島內園香小姐是受那個人的影響，才會對繪畫和藝術產生興趣。」

「這個繪本作家的老婦人在一個月前曾經去花店找她，雖然不知道和事件的關係，但似乎有必要調查一下。先不說這件事，」草薙抬頭看著薰，露出可怕的眼神，「另一件事讓人無法忽略，就是她認為島內園香遭到了家暴。」

「那只是岡谷小姐的臆測……」

「妳應該比這裡的任何刑警更瞭解，千萬不能輕忽年輕女生的直覺。而且在瞭解上辻亮太這個人的為人之後，就更覺得完全有可能。」

「已經查到什麼了嗎？」

「掌握了不少情況。」草薙意味深長地說完後，叫了在不遠處寫報告的下屬，「岸谷，你把剛才的情況告訴內海。」

岸谷翻開記事本走了過來。

「我剛才去了『ＵＸ印象工房』。那家公司在四年前成立，有三個創辦人，其中一人就是上辻。三個人是影視創意專科學校的同學，原本分別在不同的公司從事影視方面的工作，有一次剛好聚在一起，都為在公司無法做自己想做的工作感到不滿，然後就決定自己成立公司。」

「這種情況很常見，還不成氣候的年輕人自我評價很高，唯一不缺的只有自信，在栽跟斗之前根本不會發現自己還不成熟。」草薙撇著嘴角說。

「股長說得沒錯，他們在創業之後就遇到了瓶頸，但擔任老闆的人利用和之前任職公司的關係，持續承接了宣傳影片、製作廣告和遊戲設計等工作，也漸漸接到了比較大型的案子，員工人數也增加了，但是，」原本看著資料的岸谷抬起頭，「但上辻似乎對這種狀況感到很不滿，他認為目前做的工作和之前在公司時沒什麼兩樣，根本沒辦法做自己真正想做的工作。他主張必須推出自己的企劃，主動去向金主推銷。事實上他的確製作了電影的企劃，到處去推銷，但大公司根本不可能理會這種沒沒無聞的製作公司。即使老闆對他說，目前只是打基礎的階段，站穩腳跟之後才能追求夢想，他也完全聽不進去，而且又發生了新的問題。」

「問題？」

「職權騷擾。他會用陰險的方式霸凌年輕員工和工讀生，原本很有前途的年輕員工接連辭職，老闆終於忍無可忍，提醒他要注意。上辻惱羞成怒，當場提出辭職，而且還要求高額的離職金，所以又引發了一場糾紛。」

「看來他這個人很有問題。」

「老闆嘆息說，自己看人太沒有眼光了。雖然上辻在影像方面的確有才華，但只要稍微不如自己的意，就會脾氣暴躁，自尊心也很強。」

「原來是這樣。」薰看著草薙說，「難怪你說他有可能對島內園香小姐家暴。」

「就是這麼一回事，因為據說很多家暴的加害人自尊心都很強，今天我見到了上辻的父母，他們也說了相同的事。」

「他們說了什麼？」

「聽說他以前對自己很有自信，對自己功課很好感到很得意，但也因為這個原因，在考大學時沒有考進第一志願，就把氣出在父母身上。他的父母很擔心，不知道他以後會變成怎樣的人，他對父母撂下狠話，絕對會在東京獲得成功，在成功之前不會回家。」

「既然這樣，他絕對不可能告訴父母，自己辭了職，搬去女人家裡住。」

「而且還對那個女人動粗。」岸谷很受不了地搖了搖頭，「根本就是性格有缺陷的人，很納悶那個女人為什麼之前沒有逃走。」

「是啊，如果上辻還活著，島內園香逃走還情有可原，但上辻已經死了，她根本沒必要逃走，但為什麼失蹤了？」

薰也瞭解草薙想要表達的意思。

「你的意思是，園香小姐和案件有關嗎？」

「當然會有這種想法，她向警方報失蹤，是為了故布疑陣，攪亂警方的調查，但越想越沒有自信可以瞞天過海，所以在屍體被發現，案情曝光之前躲了起來。」

「但是目前認為上辻遇害的那一天，園香小姐在京都旅行，而且也有證人。」

薰刻意沒有使用「不在場證明」這幾個字。

草薙咂嘴後嘟囔，問題就在這裡。

5

染了一頭棕髮的年輕人一聽到上辻的名字，拿著咖啡杯，不悅地撇著嘴角。薰問他上辻是怎樣的人，他回答說，是惡劣至極的上司，根本不願意回想起這個人。

「起初我覺得他很親切，也很會照顧別人，但在我慢慢學會工作，開始靠自己的判斷做事之後，他就變得很冷淡。如果他很明顯妨礙我工作，我可以去向老闆投訴，但他並不會那麼做。總之，他那個人個性很差，做事也很陰險，在工作上留一手，不告訴我重點，等到我失敗後，就嘮嘮叨叨罵不停，罵我是廢物，要我聽他的指示，不必自作聰明，當他的奴隸就好。我覺得繼續在他手下做事會得憂鬱症，於是就逃走了。」

薰聽了這個年輕人的話，覺得事情果然像岸谷說的那樣。

「你在離開公司之後，還有和上辻先生接觸嗎？像是通電話，或是互通電子郵件，還有社群媒體。」

「沒有，沒有，怎麼可能和他聯絡？我一輩子都不想再和他有任何關係。」

年輕人用強烈的口吻否認，薰不覺得他在說謊。

雖然認為沒有必要，但還是確認了他在九月二十七日至二十八日的不在場證明。年輕人看著自己的手機，說明了當天的行程。因為那天是非假日，他去公司上班。

「雖然我知道不該說這種話，」年輕人猶豫後繼續說道，「殺了上辻先生的兇手應該也有苦衷，我反而認為應該是上辻先生有問題。」

薰一開始就告訴他，發現了上辻亮太的遺體，因為如果不提這件事，就無法深入發問。雖然這個年輕人聽了很驚訝，但並沒有說任何哀悼的話。

薰問年輕人，是否知道這起案件發生的原因，年輕人只是歪著頭表示納悶。

「雖然他這個人可能到處和人發生衝突，但沒想到什麼原因。更何況我已經好幾個月沒有見到他了，對他最近的狀況一無所知，真的不想再和他有任何牽扯。」從他的語氣中，可以感受到他真切的想法。

「我瞭解了，謝謝，感謝你願意提供協助。」薰鞠躬道謝，把紙筆放進皮包。年輕人杯子中的咖啡還沒有喝完，薰拿起桌上的帳單說：「你慢慢喝。」

和年輕人道別後，立刻接到了草薙的電話，說有東西要給她看，指示她立刻回特搜總部。

「要給我看什麼？」

「妳回來看了就知道了。」草薙的聲音聽起來有點興奮，可能有了什麼斬獲。

雖然薰覺得草薙沒必要故弄玄虛，但還是回答：「我知道了。」然後掛上了電話。

隨著偵查工作漸漸有了進展，接連發現了上辻的特異性格。許多人都異口同聲地說他有雙面性格。對聽話的人很親切溫柔，只要有人稍微不服從，他就會毫不留情地指責對方。好幾個人都對薰說，可能有不少人恨他。

島內園香遭到家暴的事，似乎也並非岡谷真紀杞人憂天。偵查員去「海豚公寓」查訪後發現，幾乎所有的住戶都知道這件事。住在隔壁的女人三天兩頭就聽到咆哮聲，樓下的老人也深受震動聲所苦，但沒有人上門反應或是抗議，當然是因為擔心遭到報復。

「大家聽到那個房間的住戶離開了，都鬆了一口氣。」去查訪的偵查員小聲告訴其他人。

「在島內園香家裡發現了這三本繪本。」

草薙把三本繪本放在桌子上，最上面那一本的封面是一隻白色的鳥在藍天中飛翔。書名是《我是誰？》。

「借我看一下。」薰站在那裡，拿起了那本繪本。

她在翻閱後發現，原來是一隻從鳥蛋中孵出來的白色小鳥尋找自己父母的故事。她覺得這個故事了無新意，但還是繼續看了下去。白色小鳥去找了天鵝、鴨子和鴿子，但那些鳥類都對白色小鳥說：「你不是天鵝」、「你不是鴨子」、「你也不是鴿子」，把牠趕走了。最後，有一隻自稱是牠母親的鳥出現在牠面前，沒想到竟然是一隻烏鴉。原來是那隻白色小鳥有白化症，也就是基因缺陷，導致先天性色素缺乏。然而，這並不是結局，這才是故事的開始。那隻白色小鳥之前一直很討厭黑烏鴉，所以這個事實對牠造成了莫大的痛苦。

薰把繪本放在桌上，歪著頭說：

「我覺得給小孩子看似乎有點太難了。」

「但是網路上的評價不錯，似乎也有人喜歡這種費解的故事。」

薰再次看了繪本的封面，作者名叫「朝日奈奈」，另外兩本繪本也出自同一位作者之手。

「二十歲出頭的年輕女生珍藏同一位作者的三本繪本，顯然不太自然。」草薙說，「島內園香的母親敬重的『奈江姨婆』很可能就是這位作者。」

「我也有同感，你有沒有在網路上查過這位作者？」

「當然查了，但並沒有得到什麼重要的線索，於是派了偵查員去出版社找責任編輯。」

「我可以查一下嗎？」薰拿出自己的手機。

「隨便妳，反正查了也是白忙一場。」

薰俐落地操作手機，輸入「朝日奈奈」的名字後，立刻找到了幾筆資料，但都是介紹繪本的內容。正如草薙所說，完全沒有關於作者的詳細資訊。即使看了網路百科事典，也只寫了她是「繪本作家」，甚至不知道她的本名。

「果然是這樣，連照片也找不到。」

草薙從上衣口袋內拿出手機。似乎有人打電話給他，他把手機放在耳邊。

「我是草薙……是嗎？所以也知道她的電話……家裡的電話嗎？……好，責任編輯在你旁邊嗎？……既然這樣，請她馬上打電話。不要說刑警去出版社，而是隨便編一個理由，只要確認她在不在家就好，那就拜託了。」

草薙掛上電話後，直接操作了手機。他似乎在確認電子郵件。

「知道繪本作家的本名了。她叫松永奈江，所以叫奈江姨婆啊。看來我們猜對了，字是這樣寫。」他把手機螢幕出示在薰的面前，上面是「松永奈江」這幾個字，住址在豐島區，最近的車站是西武池袋線的東長崎站。生日欄內寫著「不明」，旁邊的補充內容寫著「（大約七十歲左右）」。

手機響起了來電鈴聲，草薙接起電話。

「情況怎麼樣？……沒有接？……有沒有請她在答錄機留言？……有沒有其他聯絡方式？手機號碼呢？……好，我知道了，辛苦你了。」草薙掛上電話時，嘆了一口氣。「家裡的電話沒人接，似乎轉到答錄機了，已經請編輯留言，希望她可以和編輯聯絡。責任編輯平時應該都是用家裡的電話或是電子郵件和她聯絡，並不知道她的手機號碼。雖然也請編輯傳了電子郵件，不經意地打聽她目前在哪裡，只是不知道結果會怎麼樣。」

「松永女士可能藏匿了島內園香小姐嗎？」

「當然啊。」草薙看著手錶後站了起來，「我要出去一趟，妳也跟我一起來。」

「好。」薰不假思索地回答。即使不問草薙要去哪裡，她也已經知道了。

松永奈江居住的公寓位在離西武池袋線長崎車站走路幾分鐘的位置，目白大道上的這棟細長形大樓每個樓層應該只有兩、三戶，看起來像是獨居者的公寓。

松永奈江住在七〇二室。薰在有自動門禁系統的公共玄關按了對講機的門鈴，但沒有任何人應答。

「沒有人應答嗎？」

草薙走向管理員室的窗戶，一個看起來大約退休十年的男人戴著老花眼鏡在看週刊雜誌。

「我要找七〇二室的松永女士，但她似乎不在家，請問你知道她什麼時候出門嗎？」

管理員的眼鏡滑到鼻子上，抬頭看著草薙回答說：

「不知道，我並沒有隨時都監視住戶的出入。」

「請問你上班時間是從幾點到幾點？」

「上午九點到傍晚五點……」

「請問你幾點會確認監視器的影像？」

「幾點……並沒有固定，有需要的時候……」

「有需要的時候？」

「就是……發生什麼狀況的時候。」

「如果沒有發生問題，就一直不看監視器的影像嗎？」

「不，也不是這樣，只是沒有那麼頻繁……」管理員吞吞吐吐起來，也許公司規定每天都必須確認監視器的影像。「請問你是哪位？」

「不好意思，這是我的證件。」

草薙從上衣內側拿出警察徽章，管理員露出緊張的表情。

「我們正在偵查一起案件，想知道松永女士離開公寓的時間。監視器影像的保存期限多久？」

「規定是一個月，但硬碟應該有三個月的紀錄。」

「那請你馬上確認影像，你知道松永女士長什麼樣子吧？」

「是，我知道……請問要查什麼時候？」

「應該是這個月二日後的兩、三天。」

二日是園香打電話去職場請假的日子。

「請等一下。」

管理員轉動椅子，看向側面。他似乎在操作電腦，但薰和草薙看不到螢幕。

「找到了。」不一會兒，管理員說，「是二日上午十一點多。」

「給我看一下。」草薙有點盛氣凌人地說，他應該認為警徽可以對管理員發揮震懾作用。

管理員把筆電拿到窗口，把螢幕轉向草薙。螢幕上出現了監視器鏡頭俯視公共玄關的畫面，一名老婦人經過玄關。她穿了一件淺色大衣，拖著行李箱。行李箱很大，長期旅行也可以使用。

根據螢幕上顯示日期的數字，那是二日上午十一點十二分。

「這名婦人就是松永女士，沒有錯吧？」草薙向管理員確認。

「對，她就是松永女士。」

「內海，」草薙叫了一聲，「妳確認一下前後的影像。」

「好。」薰回答後，沒有向管理員打招呼，就伸手操作鍵盤。管理員也沒有吭氣。

確認之後，發現在松永奈江經過的大約五分鐘後，也就是上午十一點十七分時，島內園香也走出公寓。她穿著連帽衫和牛仔褲，身上背著背包，還拎了一個大旅行袋。

「這下子可以確定，她們兩個人在一起。」草薙說。

薰繼續操作電腦，想要調查島內園香進入公寓的時間。管理員默不作聲地看著她。

「股長，你看這個。」薰把螢幕朝向草薙，那是島內園香走進公寓的畫面。日期也是二日，時間是上午九點二十五分。

「二日那一天，就是島內園香打電話向職場請假的日子，之後她就來到這裡。」

「然後她們一起出門，之後就失去了音訊。」

草薙想了一下後，看向管理員說：「請你協助警方調查。」

「什……什麼事？」

「七〇二室的松永女士很可能牽涉一起重大的案件，請馬上讓我們去她家裡確認。」

警徽的神通力似乎有限，管理員一臉驚訝地搖著頭說：

「這可不行，必須經過當事人的同意。」

「那你現在馬上聯絡她。」

管理員打開了資料夾，看著資料片刻，然後皺著眉頭抬起頭說：

「不行，她留的是家裡的電話。」

「不是有緊急聯絡人嗎？找不到她的時候，可以聯絡的人。」

「不，問題就在這裡，」管理員指著資料說，「資料刪除了，以前留了她親戚的電話，但那個人好像死了。」

「萬一發生意外時該怎麼辦？比方說漏水的話。」

「遇到這種情況，會和屋主討論後再決定。」

草薙一臉不悅地咂嘴時，他的手機響了。他從內側口袋拿出手機。

「是我……什麼？……她回信了嗎？好，那正好，我想親自和責任編輯談一談，你安排一下……最好馬上就見面……別擔心，我和內海一起去……那就拜託了。」

草薙掛上電話後，說了聲「走了」，就走向出口，甚至沒有向管理員道謝。薰知道草薙並非無禮，而是內心太著急了。

離開公寓大約一個小時後，薰和草薙坐在出版社的會客室，和松永奈江的責任編輯，一位姓藤崎的女性編輯見了面。

「剛才來這裡的刑警先生要我寄電子郵件給朝日女士，確認她目前的下落，所以我就寄了這樣的內容。」藤崎說話時，遞上了自己的手機。

坐在草薙身旁的薰也探頭看著電子郵件的內容。內容如下：

「我是藤崎，感謝您一直以來的照顧。

我剛才打電話給您，您似乎不在家，所以恕我失禮，寄這封電子郵件打擾您。

有一位書迷寄了禮物給您，為了謹慎起見，我打開檢查過了，並沒有問題。

請問要把禮物寄去您府上嗎？

如果您目前不在府上，也可以寄去您所在的地方，

煩請告知，感恩不盡，

請多指教。」

草薙抬起頭，嘴角露出微笑。

「書迷寄了禮物嗎？妳想到的這個理由很不錯。」

但是藤崎露出憂鬱的表情嘆著氣說：

「我不想說謊，但聽說朝日老師有可能被捲入刑事案件，所以只好⋯⋯

但我打算等事情解決之後，把實話告訴她，然後向她道歉。」

「不好意思，感謝妳的協助。」

草薙鞠躬道謝，薰也跟著鞠了一躬。

「聽說她回了電子郵件。」

「對。」藤崎操作手機，再次向草薙出示。

「是這樣的內容。」

薰再次伸長脖子。電子郵件的內容很簡短。

「收到妳寄來的電子郵件了，

臨時心血來潮，獨自出門旅行。

因為打算去好幾個地方，所以並沒有決定落腳的地方，日程也尚未決定。

不好意思，麻煩妳暫時為我保管。

請多關照。

朝日奈奈」

「一個人出門旅行嗎？」草薙嘟囔道，「松永女士……朝日女士經常一個人去旅行嗎？」

「也不至於經常，但偶爾會出門。」

「她有沒有特別喜歡什麼地方？或是很中意的旅館之類的？」

「不知道，」藤崎歪著頭，「她似乎喜歡溫泉，但好像並沒有特別喜歡某個地方。」

草薙點了點頭，抓了抓眉間問：

「妳有沒有聽過島內園香這個名字？是一名年輕女性。內海，照片。」

薰拿出手機，找出岡谷真紀傳給她的照片給藤崎看。

「就是左邊這個女人。」

「島內……小姐？」藤崎注視照片後，搖了搖頭說：「我不認識，也從來沒有從朝日老師口中聽過這個名字。」

「這樣啊。」

草薙向薰使了一個眼色，她把手機收了起來。

「請問妳知道有誰和朝日女士很熟嗎？比方說同行，或是一起玩的朋友。」草薙發揮耐心，持續發問。

「那位老師和其他作家應該沒有密切往來，她向來很少和別人打交道，應該也沒有什麼一起玩樂的朋友。雖然這麼說有點奇怪，但也許我是和她最親近的人，她也曾經邀我一起去逛街買東西。」

草薙沒有聽到期待中的回答，暗暗嘆了一口氣。

「我瞭解了，那我再請教一下，請問朝日女士是怎樣的人？聽說她年紀稍長，她成為繪本作家的資歷很長嗎？」

「不，她正式成為繪本作家才十年左右。在她丈夫去世後，她基於興趣開始創作繪本，後來參加比賽的作品得了獎，因此成為職業繪本作家。」

「原來是這樣，所以這成為她的第二人生。」

「第二……不，對朝日老師來說，也許可以說是第三或是第四人生。」

「什麼意思？」

「聽說她年輕時吃了不少苦，她之前曾經說，她的男人運很差。十年前去世的那位丈夫也是她的第二任丈夫，和第一任丈夫結婚兩年就離了婚，聽說那個丈夫在酒後會發酒瘋。她曾經說，她把這些豐富的經驗都運用在繪本創作上。」

「豐富的經驗啊，對了，我拜讀了她的幾本作品，發現內容很與眾不同。白色烏鴉的故事也很耐人尋味，小孩子有辦法理解白化症嗎？」

「那本繪本是我負責編輯的作品，的確很與眾不同，但是很受歡迎。」

「好像是這樣，太令人驚訝了。」

「朝日老師很擅長處理其他作家不敢碰觸的題材，尤其很多都是科學題材。」

「科學題材？」

「比方說，這一本就是。」

藤崎從旁邊幾本繪本中挑出一本，放在草薙面前。封面上畫了一個戴著紅帽子的可愛女孩，帽子上寫了英文字母的「N」，書名是《孤單的單極》。

「是關於單一磁極的題材。」

「妳說什麼？」草薙聽了藤崎的說明，忍不住反問。薰覺得好像在哪裡聽過，但又一時想不起來。

「這本繪本的世界中，嬰兒在出生之前，就已經決定了配對的對象。出生之後，就會馬上遇見對方，然後一起牽手。牽手的對象一輩子都不會改變，任何時候都絕對不會放開牽起的手。兩個人會一起生病，一旦受傷，都會感受到相同的痛苦，死的時候也一起死。男生戴著有『S』字母的藍色帽子，女生戴著有『N』字母的紅帽子。聽到S和N，你們可能已經發現了，那是把磁鐵擬人化的故事。」

「喔，原來是磁鐵。」草薙發出恍然大悟的聲音。

「磁鐵一定有S極和N極，但聽說有可能存在單一的N極或S極，在物理學的世界，稱之為單一磁極。雖然在現實生活中還沒有發現，但朝日老師認為把單一磁極設定為故事的主角應該很有趣，於是就創作了這本繪本。」

「是喔，她竟然有辦法找到這麼奇特的題材。」

「她在創作的過程中做了很多功課，我也提供了協助。最後一頁還寫了參考文獻，很少有繪本會附上參考文獻。」

草薙翻開繪本的最後一頁。他臉上的表情顯示他沒有太大的興趣，但是當他看到參考文獻內容時，驚訝地瞪大了眼睛。

「她看了這本參考文獻嗎？」草薙問，聲音中帶著緊張。

「她看了之後，還寫信請教了作者。請問這件事有什麼問題嗎？」藤崎顯得很驚訝。

薰看向草薙手上的繪本，看到了參考文獻欄。上面寫著「參考書籍」，下面的那行字寫著——

《如果遇見單一磁極》湯川學（帝都大學）著。

6

從橫須賀交流道下了高速公路，經過一片建造在高地上的新市鎮後，就沿著蜿蜒的坡道一路向下，很快來到車站前的小型商店街，但他繼續往前開。經過這一帶的主要道路——國道十六號線後，看到了那棟公寓。

草薙把車子停在訪客專用的投幣式停車位後，拎著紙袋，走向公寓的玄關。這是他第一次來這裡。這棟白色建築物看起來很新，但聽說屋齡已經將近二十年。

他在公共玄關按了即將前往那戶人家的對講機門鈴。

他以為會從對講機中聽到應答的聲音，沒想到自動門打開了。對方可能從螢幕中看到了草薙的身影。

穿越寬敞的入口大廳，走進電梯，按了十二樓的按鍵。他要去一二〇五室。

來到十二樓，他一邊確認房間號碼，一邊沿著走廊往前走。一二〇五室似乎位在邊間。他確認門牌上寫了「湯川晉一郎」的名字後，按了門鈴。

隨著門鎖打開的聲音，門打開了。

「歡迎你來橫須賀。」湯川學臉上帶著淡淡的笑容。

「不好意思，突然不請自來。」

「不必介意。我在電話中也說了，我整天無所事事，也沒有聊天的對象，正感到無聊呢。」

「沒有聊天的對象？」草薙好奇地看向屋內深處，「你父母不是在家嗎？」

「我指的是能夠相談甚歡的對象，先進來再說。」

「那就打擾了。啊，對了，趁沒有忘記，先給你。」草薙從手上的紙袋中拿出一個細長形的盒子。

湯川皺起眉頭說：「我不是說了，不需要帶伴手禮嗎？」

「來朋友的父母家，怎麼可以空著雙手呢？雖然並不是『第一樂章』，但味道應該也不差。」

「只要是葡萄酒，都照收不誤。既然你這麼費心，那我就不客氣收下了。」

草薙跟著湯川來到客廳，看到一個老人坐在沙發上。

「爸爸，」湯川叫了一聲，「我的朋友草薙來了。」

老人從沙發上站了起來，走向草薙。他個子不高，一頭白髮，但挺直的身體看起來很年輕。

湯川回頭看著草薙說：「這是我爸爸，你們應該見過一次，你可能不記得了。」

「不，我記得。在你的畢業研究發表會上見過——伯父，好久不見。」草薙向白髮老人鞠躬打招呼。

「那可不是普通的畢業研究發表會，正確地說，是優秀畢業研究發表會。」湯川晉一郎說話時瞇起了眼睛。

「沒錯，失禮了。」

「你不必道歉，這種事根本不重要。」湯川皺起眉頭。

「不，話可不能這麼說，」老人不滿地嘛著嘴，「那可不是形式化的畢業研究發表會，能夠站在帝都大學優秀畢業研究發表會舞台上的人不到整體的一成，因為我也曾經經歷過，所以非常清楚，如果不是相當受到矚目的研究內容，就無法獲得教授的推薦，當然也就不可能獲選——」

「知道了，知道了，」湯川不耐煩地重複道，「我們都非常瞭解了，這件事就到此為止。草薙有重要的事來找我，不好意思，可以請你暫時去其他房間嗎？」

晉一郎話還沒說完就被打斷，顯然很不滿，但隨即點了點頭說：

「是嗎？既然這樣，那我就不多說了。草薙，你慢慢坐，父子兩人整天在這麼小的家裡四目相對，也完全沒有樂趣可言。」

湯川目送晉一郎走出客廳後，嘆了一口氣說：

「他現在都這副德行，一年比一年難搞了。」

草薙忍不住苦笑起來。因為他覺得眼前這個老同學也很難搞。

「但是他看起來身體很硬朗，這是最值得欣慰的事。和之前畢業前見到時，幾乎沒有太大的改變。」

「拜託你千萬別在他面前說這種奉承話，他會得意忘形。」

湯川請他坐在沙發上，他在沙發上坐了下來。湯川走去隔壁廚房，草薙從剛才就聞到了咖啡的香味。

草薙打量室內。大落地窗外是陽台，站在陽台上可以看到大海，軍港內有好幾艘艦艇。

在海邊的公寓度過餘生——如果只是聽說有人過著這樣的生活，會覺得的確是優雅的老後，但實際生活似乎並沒有這麼美好。

湯川晉一郎剛才說得沒錯，只有畢業研究中特別優秀的研究，才能夠在帝都大學優秀畢業研究發表會上發表。只要是大學相關人員，任何人都可以去參加，於是草薙和羽球社的同好一起去湊熱鬧。雖然對湯川發表的「磁性齒輪」內容一竅不通，但仍然小有收穫。因為湯川的父母也來到發表會場，發表會結束之後，還向他們打了招呼。湯川看起來很無奈，但草薙很高興。因為幾乎沒有人知道他的家庭狀況。

一眨眼，已經過了三十年。那已經是遙遠的往事了。

湯川用托盤端著馬克杯走回客廳。白色的杯子看起來很乾淨。

「你不加砂糖和牛奶吧？」

「我喝黑咖啡，這麼香的咖啡，應該不是即溶咖啡吧。你是不是算準了我上門的時間，所以特地泡咖啡？你還真貼心啊。」

「只是你剛好在我想喝咖啡的時間上門。」

「喔，這樣喔。」

草薙看到湯川在他父親剛才坐的位置坐下後，伸手拿起馬克杯。

「你媽的情況怎麼樣？」

草薙喝了一口咖啡後問，湯川微微聳了聳肩說：

「雖然速度緩慢，但病情確實在逐漸惡化。她已經不認得整天在身旁照顧她的老人是自己的丈夫，所以總是客套地道謝。不可思議的是，她卻認得之前偶爾才回家的兒子，人類的大腦實在太不可思議了。」

湯川淡淡地說道，從他的語氣中難以察覺事態的嚴重，但顯然很不樂觀。

昨天晚上，草薙打電話給湯川，說有事想和他見面。原本以為他不是在家裡，就是在大學，沒想到他說正在橫須賀的父母家中，而且並不是剛好回來探視父母，而是這一陣子都暫時住在家裡。草薙聽了之後大吃一驚。

湯川的父親原本是醫生，退休後，賣掉了原本的房子，搬到海邊的公寓度過餘生。湯川的母親在幾年前就出現了失智症的徵兆，腳骨折無法行走之後，病情急速惡化。平時都由湯川的父親照顧，但一個人似乎忙不過來，於是湯川就回來幫忙。

「你也住在這裡嗎？」

「沒辦法啊，在我爸爸的書房內搭了一張簡易的床。」

「真辛苦，你在大學的工作怎麼辦？」

「那倒是有辦法解決。無論上課或是指導學生都可以採取遠距的方式。成為教授之後，幾乎很少親自做實驗。」湯川雖然若無其事地說，但草薙似乎從他的表情中看到一絲落寞，忍不住猜想他是否已經作好了退居二線的心理準備。

「你會在這裡住多久？」

「這個問題很難回答。雖然我很想說，在我媽有生之年，都留在這裡陪她，只是沒有人知道還有多少時間，所以目前遲遲無法做出決定。我爸爸逞強說，他一個人也有辦法照顧我媽，但據我的觀察，他根本沒有這種能力。雖然他以前是醫生，在照護方面完全是外行，就連換尿布都笨手笨腳。」

「聽你這麼說，似乎你也會換尿布？」

「當然啊，這就是我住在家裡的目的。」湯川一派輕鬆地乾脆回答。

「是喔……」

這個難搞的物理學家竟然會為母親換尿布——草薙完全無法想像，所以有點不知所措。

「怎麼了嗎？」

「沒事……你們沒有考慮使用照護服務嗎？或是送去安養院？」

「雖然目前會視需要使用照護服務，但我爸爸似乎不考慮把我媽送去安養院。他似乎不想借助他人之手解決這個問題，我努力尊重他的想法。」

「是嗎？這個問題的確不簡單。」

草薙覺得好像看到了朋友完全陌生的一面，他沒想到湯川這麼重視家庭。

「這種時候，似乎不該和你談麻煩的問題……」

草薙說到這裡，湯川搖了搖手說：

「以前會覺得很麻煩，但現在的狀況不一樣了。之前我總是忙著做研究，現在因為要照顧我媽，所以不方便出門。我爸每天會有幾次找我幫忙，除此以外，幾乎整天都在待命，根本插不上手。從某種意義上來說，目前的生活無聊透頂，所以如果有什麼刺激的問題，我很樂於傾聽。」

「聽你這麼說，我就放心了，只不過不知道在你眼中，算不算刺激。不瞞你說，就是這個。」

草薙從皮包裡拿出一本繪本，放在湯川面前。就是那本《孤單的單極》。

戴著金框眼鏡的物理學家瞪大了眼睛。他拿起繪本，目不轉睛地看著封面。

「你似乎並不陌生。」

「是啊，在我的研究室應該可以找到作者幾年前的贈書。」

「最後一頁上有你的名字。」

湯川翻到最後一頁，確認了自己的著作和名字，點了點頭後，闔起繪本，放回桌上問：「這本繪本有什麼問題嗎？」

「這本繪本的作者可能和現在正在偵辦的案子有關，但是目前她去向不明，正在尋找她的下落。」

「這本繪本的作者嗎？」湯川的視線再度看向繪本，他似乎看著作者欄「朝日奈奈」的名字，「她是殺人命案的嫌犯嗎？」

「目前還不知道，但確定的是她和重要關係人正一起行動。」

「那個重要關係人在逃亡嗎？」

「目前還無法確定是否是逃亡，但應該可以這麼認為。」

湯川皺起眉頭問：

「這是怎麼回事？很令人費解啊。」

「我知道你會感到很疑惑，因為這件事的確有點複雜。」

草薙簡單向他說明從發現遺體到查明身分，以及同居女友下落不明的情況，但並沒有省略重點部分。

「所以我們在找名叫島內園香這個女人的下落，為了找到她，最快的方法就是調查和她在一起的朝日奈奈這名繪本作家。沒想到這位繪本作家很神秘，完全沒有任何可以推測她行蹤的線索，就連和她關係最密切的責任編輯也不太瞭解她的私事。我們也因此束手無策，只能努力尋找和這位繪本作家有交集的線索，即使再細微的線索也無妨。」

「結果就找上了她寫繪本時的參考書籍作者嗎？這條線索也未免太細了，簡直比蜘蛛絲還細。」

「以前曾經聽你說過，蜘蛛絲其實很牢固。而且聽責任編輯藤崎小姐說，作者曾經和你用電子郵件聯絡，還說向來不擅長和別人交往的朝日女士很難得做這種事。」

「我只是回答對方提出的問題而已，很少有人對單一磁極產生興趣，更何況聽說她要以此為題材，創作給小孩子看的繪本，我當然不可能敷衍了事。」

「當時的電子郵件還在嗎？」

「不太清楚，已經是五年前的事了，但我不記得曾經刪除，也許可以在舊電腦中找到。」

「那你可不可以找一下？如果找到的話，可不可以通知我？」

「你打算把當時的電子郵件作為偵查資料嗎？我有言在先，這可是私人信件。」

「我不會要求你給我看，只是希望如果發現對偵查有幫助的內容，你可以告訴我。」

「所以可以由我來判斷是否對偵查有幫助，對嗎？」

「這也無可奈何，因為如你所說，那些是私人信件。」

「好，我會請學生把我的電腦寄來這裡，我認為應該不會有任何對偵查有幫助的內容。」

湯川冷笑一聲說：

「我有心理準備，不好意思，找你幫忙這麼麻煩的事，但還是拜託了。」

「和你以前找我的那些事相比，實在不足掛齒。」

「你曾經和松永奈江見過面嗎？」

湯川拿起馬克杯正準備喝咖啡，停下手問：「松永？」

「松永奈江是朝日奈奈的本名，你不知道嗎？」

「我第一次聽說。原來她叫這個名字，松永奈江喔……」湯川悠然地喝著咖啡。

「怎麼樣？你有沒有見過她？」

「沒有，只有互通電子郵件而已。」

「只有那時候用電子郵件交談嗎？」

「基本上是這樣，但我們之間並沒有可以稱為交談的密切交流。」

「基本上？也就是說，之後並不是完全沒有聯絡？」

「她之後又寄了新的作品給我，當時我寫了電子郵件向她道謝。」

「新的作品？是繪本嗎？」

「當然啊，因為她是繪本作家，我想應該是我出現在她的贈書名單上，要求她不必再寄給我也很失禮，所以就心存感激地收下了。」

草薙注視著湯川一本正經的臉問：「你會看繪本？」

「既然別人寄來了，所以就翻了一下，之後送給家裡有小孩子的朋友了。」

「那你有沒有看那個白烏鴉的故事？」

「白化症嗎？」湯川點了點頭說：「對繪本來說，這個切入點很新穎，很耐人尋味。」

他似乎真的看過繪本，沒想到他為人這麼誠懇。

「湯川，我想拜託你一件事，可以請你寫一封電子郵件給松永奈江嗎？」

「我寫給她？要寫什麼？」

「內容由你決定。我剛才也說了，目前因為無法掌握她的下落而傷透腦筋。如果你能夠不經意地向她打聽目前人在哪裡，在做什麼，就幫了我的大忙了。」

湯川坐在沙發上，聳了聳肩。

「你沒聽到我剛才說的話嗎？我不是說，上次收到她寄來的新書，所以我寫了電子郵件感謝她嗎？我們只是這種程度的關係，我突然打聽她的近況，只會引起她的懷疑，覺得莫名其妙。」

「所以你必須想想辦法，比方說，你可以說最近有一個可以讓小孩子瞭解物理趣味的活動，你會協助這個活動，而且認為可以搭配插圖，希望可以請教一下她的意見。最近是否可以見一面？——怎麼樣？這種說法不錯吧？也不會有不自然的感覺。」

湯川聽了之後，露出冷漠的眼神看向草薙。

「這個點子聽起來不像是你臨時想到的，是搜查總部討論決定的嗎？八成是內海想出來的主意。」

湯川尖銳地指出了重點。草薙只能苦笑。因為湯川說對了。

「嗯，差不多就是這樣。怎麼樣？你願意幫這個忙嗎？」

「我拒絕。」湯川的回答很冷酷。

草薙皺起眉頭問：「為什麼？」

「我的良心不允許我寫這種騙人的電子郵件。」

「你不要這麼不懂得通融，這是為了破案，希望你可以提供協助。」

「那位編輯是不是姓藤崎？你們可以找她幫忙打電話，就說有急事要見面。」

「雖然也想過這個方法，但藤崎小姐說，想不到必須緊急和對方見面的理由，而且以前也從來不曾有過這種情況，如果突然這樣打電話，對方可能會猜到是警方在背後操控，但換成是你，遭到懷疑的可能性就很低，因為任何人都不會想到你和警方有關係。」

湯川不耐煩地撇著嘴說：

「我知道你們經常利用我，但我無法幫這個忙，除非朝日女士是嫌犯。」

「她和重要關係人一起行動，可以說，她是嫌犯的可能性無限大，我反而認為松永奈江很可能是實際動手殺人的人。」

「她的動機是什麼？」

「當然是為了讓島內園香遠離上辻的家暴。我剛才也說了，松永奈江把園香的母親視為親生女兒般疼愛，所以園香就像是她的外孫女。看到心愛的外孫女被人欺負，當然會想要救她。於是就計畫殺害上辻，但一旦上辻死了，園香必定會遭到懷疑，所以就安排園香去京都旅行，製造不在場證明。」

湯川拿著馬克杯，緩緩搖著頭說：

「你根本不瞭解朝日女士是怎樣的人，竟然可以幻想出這些事，真不愧是刑警。」

「這只是假設，是你最愛的假設。」

湯川好像在趕蒼蠅般搖著手說：

「所謂假設，至少要符合邏輯，但你剛才說的話根本自相矛盾。」

「哪裡有矛盾？」

「園香有不在場證明，根本不需要逃走。如果她不逃走，你們也不會注意到朝日女士，不是嗎？」

「我猜想應該是計畫產生了某種失算。」

「怎樣的失算？」

「那就不知道了……」

「看吧，根本是破綻百出。這根本不能稱為假設，只是你的幻想。」

草薙皺起眉頭，抓著太陽穴，看著多年老友。

「所以只要有證據顯示松永奈江是嫌犯，你就願意幫忙嗎？」

「如果是這樣，我可以考慮，但不可以牽強附會。」

「我知道，怎麼可能有辦法糊弄你。」

「而且，在你找到證據之前，不要對朝日女士——不對，應該是松永女士，總之，你不要對她直呼其名。」

「……喔，沒問題。」草薙喝完咖啡後，看了手錶，「那我就先告辭了。我想再和你爸爸打聲招呼。」

「那我去叫他。」湯川站了起來。

「不，我去房間向他打招呼會不妥嗎？」

走向門口的湯川聽了草薙的話，轉頭問他：「你要去臥室？」

「對，我的意思是……也想向你媽打聲招呼。如果你說不行，我也不會堅持。」

湯川低下頭，露出思考的表情後，抬頭看著草薙說：「只要你願意的話。」

「我說了我想去和他們打招呼。」

「好，那你跟我來。」

走出客廳，湯川敲了敲隔壁房間的門。「請進。」房間內傳來晉一郎的聲音，湯川打開了門，走了進去。草薙聽到他和父親交談了兩、三句話，但聽不清楚他們談話的內容。

不一會兒，湯川探出頭，默默向他點頭。

「打擾了。」草薙說完，走了進去。

那裡是明亮的臥室。牆邊放了兩張床，從窗戶照進來的陽光灑在五彩繽紛的床單上，窗邊放了一張輪椅，一個消瘦的老婦人坐在輪椅上看海。晉一郎坐在不遠處的椅子上，旁邊的小桌上放著文庫本，他剛才可能在看書。

「不好意思，打擾你們休息。」草薙對晉一郎說。

「重要的事談完了嗎？」

「對，今天要談的事已經談完了。」

「太好了，隨時歡迎你再來。看到他毫不掩飾無聊的表情，連我的心情也跟著沮喪起來。」說完，他抬頭看著兒子。

湯川走向輪椅，把手放在老婦人肩膀上叫了一聲：「媽媽，草薙來看妳，就是大學時，和我一起參加羽球社的草薙。」

老婦人緩緩轉過頭，臉上的表情很平靜。

「我是草薙，伯母，好久不見。」

但是老婦人臉上的表情沒有變化，眼睛也無法聚焦，似乎並沒有看著草薙的臉。

湯川輕輕拍了拍母親的肩膀兩下，她再度轉頭看向窗戶。

走出臥室，湯川說要送他到一樓。

「看到你和父母在一起，有一種奇妙的感覺。因為之前向來覺得你和家庭或是家人無緣。」草薙在電梯內說道。

「每個人都有父母，就好像白烏鴉也有父母。」

「雖然是這樣啦……」

來到一樓，走到大廳中央時，湯川停下了腳步。

「草薙，剛才的事，再讓我考慮一下。」

「剛才的事？」

「雖然我不想寫騙人的電子郵件，但也許可以用其他方式協助辦案。」

草薙對湯川意外的話感到驚訝，正視著多年老友的臉問：

「你要怎麼協助？」

「下次再說。很高興見到你，回去的路上小心點。」湯川說完，轉身離開了。

「等一下，喂，湯川。」

湯川不可能沒有聽到草薙的叫聲，但既沒有停下腳步，也沒有回頭，走向電梯廳。

7

青山店長拿著薰遞給她的照片，歪著頭說：

「不，不是。不是這個人。」

「妳確定嗎？那這張照片呢？角度不同時，會有完全不同的印象。」

薰又遞上另一張照片，但青山店長看了之後，仍然皺著眉頭。

「不是，不是角度的問題，而是她們屬於完全不同的類型。我上次也說了，那位老婦人更亮麗，更氣派。」

「這樣啊……」薰收回了剛才遞給青山店長的兩張照片。正確地說，並不是照片，而是從影片中列印下來的。

薰來到上野的這家花店。請青山店長看了松永奈江走出公寓時的照片，確認是否就是之前來找園香的老婦人，但似乎並不是同一人。

薰道謝後，離開了花店。

回到特搜總部後，向草薙報告了情況。

「是嗎？既然去花店的老婦人並不是松永奈江，也許可以暫時忘記這件事。辛苦了，妳休息一下，我也喝杯咖啡，順便和妳分享一下我帶回來的消息。」

「你帶回來的消息？」

「我去和湯川見了面。」

「那我一定洗耳恭聽。」

他們走去特搜總部角落的會議桌，用紙杯裝了熱水瓶中的咖啡，面對面坐了下來。

薰聽到草薙去了湯川的父母在橫須賀公寓後的情況，放下紙杯，看著草薙的臉問：

「你說的真的是湯川老師的事？」

「沒錯，不然是誰的事？」

「不，只是和我對他的印象不一樣。」薰說完之後，歪著頭說：「說不一樣似乎並不恰當，應該說，我從來沒有想過他和家人在一起的樣子，沒想到他為了照顧母親，竟然住在父母家裡……」她拿起紙杯，喝著味道很淡的咖啡。

「我完全能夠理解妳想表達的意思，我也有同感。他從以前就是這樣，不知道是不是所謂的秘密主義，總之，他很少聊自己的私事。我在大學和他一起在社團混了四年，畢業之後才知道他曾經有一個交往六年的女朋友，而且在我知道時，他們已經分手了，所以根本沒看過他的女朋友，他說把對方的照片丟掉了，我根本不知道對方長什麼樣子。」

「六年？女朋友？」薰瞪大了眼睛，「這是怎麼回事？我從來沒有聽說這件事。股長，你為什麼之前從來沒提過這件事？」

「沒為什麼，因為沒有機會提啊。正確地說，我根本忘了這件事，我沒有機會想起這件事。」

「交往了六年，這樣算很久，所以他們從高中就開始交往了。」

「我記得他曾經說，是他高二時的同班同學。」

「湯川老師讀的高中是名校統和高中，個個都是高材生。我是在磁軌砲事件時才知道的，原來是他的高中同學。」

薰試圖想像湯川在高中時代的樣子，但完全想像不出來。

「不小心離題了。總之，湯川目前為家裡的事忙得焦頭爛額，但對我們來說，他是有辦法聯絡到松永奈江、為數不多的線索，於是我就按照原本的計畫，提出希望他寫一封電子郵件給松永奈江。」

「結果怎麼樣？」

「他一口回絕了。」

薰嘆了一口氣說：「他果然拒絕了，我原本就猜到了。」

「他說不想欺騙並不是嫌犯的人。」

「湯川老師應該會說這種話。」

「但是當我準備離開時，形勢突然發生了變化。」

草薙說，湯川提出或許可以用其他方式協助辦案。

「雖然不知道他說的其他方式是什麼意思，但他應該有什麼想法，所以妳要做好準備，以便因應他臨時提出一些奇怪的要求。」

「準備？我……嗎？」

「當然啊，除了我以外，只有妳能夠隨機應變，應付他變化莫測的行動。」

「我可以把這句話當作是稱讚嗎？」

「當然。」

草薙一臉嚴肅地點頭時，岸谷拿著資料夾跑了過來。

「目前查明了幾個用上辻的手機打電話的對象身分，」岸谷說話的同時，把資料夾交給了草薙。他們似乎根據電信公司提供的通聯紀錄進行了調查，「上辻最後一次打電話是在上個月的二十七日，打給足立區的租車行。他在下午一點多打了電話，應該是預約租車。二十七日只打了這一通電話，目前正在調查前一天二十六日之前的通聯紀錄，在目前已經查明身分的人物中，發現了一個股長可能認識的人。」

「我認識的人？是怎樣的人？」草薙皺著眉頭，打開了檔案夾。

「就是這個人。」岸谷在一旁指著翻開的資料夾說。

草薙訝異地注視著那個部分，眨著眼睛。

「喔，這個人……」

「股長果然認識嗎？我聽了正在調查身分的人說明情況後，心想也許你認識。因為你在那個業界的人脈很廣。」

「沒這回事，我還差得遠呢。」

「所以你認識這個人？」

「曾經打過招呼。我知道了，既然這樣，那就由我負責去找這個人。」

「太好了。」

「因為只要稍微打過一點交道，對方也比較願意提供協助。雖然我很忙，但也只能這麼辦了。」草薙把資料夾還給岸谷後站起來，走了出去。他的背影看起來似乎很高興。

「股長認識的人？」薰問岸谷。

前輩刑警露出意味深長的笑容後，翻開了資料夾。他手指的地方寫著「根岸秀美」這個名字，和中央區勝鬨的住址，旁邊寫著「銀座 VOWM 酒店經營者兼媽媽桑」。

「喔，原來是這樣……」

草薙喜歡去酒店這件事在警視廳內出了名。

「聽到『VOWM』這家店，我立刻就想到了，因為我記得股長以前曾經提過這家店。」

「主任，你太厲害了。」

吹捧前輩刑警的同時，薰的手機響了。一看液晶螢幕，忍不住「啊」了一聲。因為手機螢幕上顯示的是「湯川老師」的名字。

薰邊走去一旁邊接起了電話。

「我是內海。湯川老師，好久不見。」

「難得接到草薙的電話，沒想到他又找我處理麻煩事。」

「很抱歉，因為無論如何都需要老師的協助。」

「我也對草薙說了，我和對方並不是很熟，突然要我寫一封虛假的電子郵件給對方，我無法做這種無禮的事。」

「我非常能夠瞭解老師的想法，股長也說他於心不安。」

「他嗎？雖然我不太相信，但就當作是這麼一回事吧。」

「要不要請股長聽電話？」

「不需要。妳只要告訴他，我找到了五年前和朝日女士互通的電子郵件，我只是回答了有關單一磁極的基本問題，沒有任何和這次的案件有關的內容。」

「無法讓我們看一下電子郵件的內容嗎？」

「當然不行，這是私信，但在看了電子郵件後，我開始有點在意。不管怎麼說，我曾經提供協助的繪本作家可能和殺人命案有關，而且她還可能是嫌犯，如果我只是袖手旁觀，總覺得會心神不寧，所以我打算稍微調查一下朝日女士。」

「我瞭解了，如果有我可以協助的地方，請隨時吩咐。」

「目前就有一件事想找妳幫忙，我想瞭解一下敬重朝日女士的那個女人的詳細情況。」

「你是說目前下落不明的島內園香小姐，對嗎？」

「不是，」湯川說，「是她的母親。」

8

「『朝影園』……嗎？原本我覺得育幼院取早晨的影子這種名字，感覺很陰暗，但其實也有『早晨的陽光』的意思。像是詩集中，『朝影』和『晨光』是相同的意思。我以前都不知道。」湯川坐在副駕駛座上，操作著平板電腦說道。

「我也看了他們的官網，發現是一所歷史悠久的育幼院，在戰後不久就成立了。」

「妳再說一次她的名字，她叫島內……」

「島內千鶴子，千萬的千，仙鶴的鶴，千鶴子。」

「所以並不知道千鶴子女士從什麼時候開始在那所育幼院工作對吧。」

「對不起，我沒有調查得這麼仔細。」

「這樣啊，沒關係，反正問他們就知道了。」湯川停止操作平板電腦，放進了背包。

湯川在電話中提出想要瞭解園香母親的詳細資訊，薰向他說明了至今為止所瞭解的情況，但其實並沒有太多內容。島內千鶴子很敬重朝日奈奈——本名叫松永奈江。一年半前，因為蜘蛛網膜下腔出血死亡。生前在營養午餐中心工作，之前在千葉的育幼院工作。湯川聽了之後，提出想去那所育幼院。

湯川說，如果不瞭解島內千鶴子為什麼敬重松永奈江，就無法瞭解松永奈江帶著重要關係人島內園香一起失蹤的理由。

薰向草薙報告後，草薙表示同意，認為言之有理。

「她們應該知道警方在追查島內園香的下落，必須有十足的心理準備才會決定逃亡，所以我也很好奇她們如何建立起這麼牢固的感情。好，那妳就和湯川一起去。」

草薙又壓低聲音說：

「而且，雖然不知道湯川為什麼決定協助我們辦案，但暫時不必考慮這個問題。我猜想他看了和松永奈江的電子郵件之後察覺了什麼。只不過他這個人很難搞，在查清楚之前不會告訴我們，所以妳要避免提這件事，因為一旦惹毛了他，不會有好結果。」

於是，薰今天開車帶湯川一起前往育幼院。目前還沒有任何偵查員曾經前往「朝影園」查訪。

「湯川老師，你今天外出沒問題嗎？我聽股長說，你照顧令堂很辛苦。」

薰注視著向前方延伸的道路問。

「談不上辛苦，只是我不放心我爸爸一個人照顧我媽。」

「沒想到老師這麼孝順。」

「哈哈哈。」湯川發出不以為然的笑聲，「沒想到妳會對我的私事有興趣，但是我要聲明，這種程度的事稱不上孝順。真正孝順的人，不可能母親得了失智症，卻好幾年都沒有回家。」

「但那是因為你去美國了啊。」

「這不是理由。很多生意人都頻繁在日本和美國之間往返，只要有心，隨時都可以回來。我是個不孝子。」

「我認為沒這回事。」

「妳不必安慰我，我自己最清楚，所以說起來，我現在所做的事只是在贖罪。」

這位物理學家平時不會用這種煩躁的口吻說話。

「……令堂的身體狀況不理想嗎？」

「只有上天知道了。聽我爸爸說，自從她半年前發生誤嚥性肺炎後，好幾個內臟功能都衰退了。」

「我聽股長說，令尊以前是醫生。」

「如果妳以為他是大醫院的院長，那就是天大的誤會，他只是開業醫生。」

「你沒有想過要繼承令尊的衣缽嗎？」

「沒有。」湯川毫不猶豫回答。

「為什麼？你不是也讀理科嗎？」

「理科也有很多種，比起醫學，我對物理學更有興趣，就這麼簡單。」

「對了，你曾經參加統和高中的物理研究會。」

「妳還記得真清楚。」

「磁軌砲事件讓我永生難忘。」

「是嗎？但的確是令人印象深刻的事。」

「你也參加了羽球社吧？」

「我並沒有參加。」

「啊？」薰忍不住看向副駕駛座。

「我從小就參加了當地的俱樂部羽球隊練習羽球，初中和高中時並沒有參加羽球社。因為在學校的體育館練習時，必須和其他運動社團一起共用場地，我覺得無法盡情練習。我在高中時參加了田徑社，但曾經支援羽球社的比賽。」

「這些事，我都第一次聽說。」

「妳似乎終於意識到，對我根本一無所知。」

「啊，但是我知道一件很重要的事。原來你曾經和高中同學交往了六年。」

湯川發出了咂嘴的聲音。

「這也是草薙告訴妳的嗎？他真是大嘴巴，竟然說這種無聊的事……」

「才不無聊呢，很棒啊，但是你們為什麼分手？」

「很簡單，有一天，她突然對我說，她另外有了喜歡的人，然後就結束了，反正就是我被甩了。」

「是喔，沒想到老師也有這種痛苦的經驗。」

「不是什麼重要的經驗。」

「你和對方之後就沒有再見面嗎？」

「參加同學會時曾經遇見幾次，對方已經結了婚，也有了孩子。」

「看起來幸福嗎？」

「不知道，妳為什麼問這種問題？」

「沒什麼原因，只是隨便問問。」

薰很想問對方是否對和湯川分手感到後悔，但猜想湯川可能會大聲咆哮，叫她不要鬧了，所以就忍住沒問。

車子下了高速公路口，在主幹道上行駛片刻後，駛入了岔路。周圍綠意盎然，並沒有高樓建築，所以視野良好。雖然零星有幾棟房子，但也有很多空地。房子周圍都停了一排車子。這裡應該也是沒有車子，生活就很不方便的地方。

前方有好幾棟長方形的建築，車子靠近後，發現門上雕刻著「朝影園」

三個字。

看起來像是警衛的男人走了過來。薰打開駕駛座旁的窗戶，向他說明了情況。薰事先曾和育幼院的辦公室聯絡，向他們說明了今天將登門拜訪。警衛似乎接到了通知，便告訴他們停車場的位置和育幼院入口。

在停車場停好車之後，薰和湯川一起走向建築物。有幾個年幼的孩子在庭園角落玩耍，應該是學齡前的孩子。

從正面玄關進入後，看到一排鞋櫃，後方就是辦公室。一名六十多歲的清瘦男人似乎看到了他們，一臉嚴肅的表情走了過來。

薰鞠了一躬，遞上名片，說明了自己的身分，並介紹湯川是「協助辦案的人員」。

男人是「朝影園」的園長金井。

「你們想瞭解有關島內千鶴子女士的事，對嗎？」金井看著薰的名片問。

「對，很希望和瞭解島內女士情況的人談一談。」

「我來這裡才四年，不認識島內女士，但有一個適當的人選，我去叫她，請你們稍等片刻。」

金井走回辦公室後，帶了一個女人回來。那個女人看起來四十多歲，臉上帶著不安的表情。

「她以前經常和島內女士一起工作。」

金井介紹說，那個女人姓關根。

「可以請教妳一些問題嗎？」

「好，只要是我能夠回答的問題。」關根小聲回答。

薰和湯川脫了鞋子，換上了育幼院的拖鞋。

他們被帶到一間光線明亮的房間內，大桌子兩側放著沙發。看起來像是會客室。

關根說，她以前在托兒所上班，十五年前進入這所「朝影園」。

「千鶴子姊是我的前輩，經常在工作上指導我。五年前的三月，因為她的女兒去東京，所以她就辭職了，我們一起工作了將近十年。」關根語氣平靜地說。

「妳知道她去世的消息嗎？」薰問道。

「我知道。」她一臉難過地點了點頭，「她女兒打電話通知我，我很吃驚。

她還很年輕，以前在這裡的時候，身體很不錯……」

「請問妳最後一次見到她是什麼時候？」

「就是她離職的那一天。雖然我們都說好要再約見面，但後來也沒有再見面。」關根一臉遺憾地低下了頭。

「我在電話中提到，如果有當時的照片，希望可以借用一下。」

「而且臉部要清晰，對嗎？我努力找了一下，最後只找到這個。」

她從旁邊的檔案夾內拿出一份很舊的宣傳小冊子，在職員介紹欄內，有許多職員的照片。其中也有島內千鶴子的名字。她一頭短髮，一張很有氣質的瓜子臉。果然和島內園香很像。她的職稱是「保育員、烹飪員、事務員」，一個人似乎必須同時負責好幾項工作。

「借我一下。」薰說完，把小冊子放進了皮包。

「請問有沒有可以瞭解島內千鶴子女士經歷的資料？像是履歷表之類的東西。」

薰之前打電話時，也同時拜託了這件事。關根露出有點為難的表情說：

「我和園長一起找了一下，但履歷表好像都丟掉了，所以沒有找到，但我對千鶴子姊的經歷略有所知。她以前就是這所育幼院的人。」

「啊？她以前是這所育幼院……」

「聽說從她懂事的時候，就生活在這裡，一直到高中畢業。之後她白天工作，然後讀了夜間的短期大學，考取了保育員的證照，在幾家育幼院工作之後，又回到這裡。」

「聽說千鶴子女士是單親媽媽，妳瞭解這方面的情況嗎？」

「雖然不知道詳細情形，但她曾經說，在她女兒出生之前，她就和對方分手了。」

「所以千鶴子女士並沒有結婚嗎？」

「應該是……因為聽她說話的語氣，好像是這樣。」

薰猜想對方可能有家庭，否則不可能在懷孕時離婚。

「妳有沒有聽她提起，和那個男人發生了什麼糾紛之類的事？」

關根搖了搖頭說：

「我沒有聽說，雖然她們母女兩人相依為命，但看起來很幸福。我和她的女兒園香也很熟，她經常來這裡玩。」

島內母女似乎在這裡過著平靜的生活。

薰坐直了身體。差不多該進入正題了。

「妳有沒有聽千鶴子女士提過一位創作繪本的女作家？她們的關係似乎很密切。」

「繪本。」關根小聲嘀咕後，眨了眨眼睛，似乎想起了什麼，「是不是表演連環畫劇的人？妳這麼一說，我想起千鶴子姊曾經說，她也出過繪本。」

「表演連環畫劇的人？」

「以前，說起來真的是很久以前的事了，有一個人專門去各地育幼院公益表演連環畫劇，千鶴子姊開始在這裡工作後，那個人也來這裡表演，之後她們就變成了忘年之交。因為千鶴子姊當時帶著年幼的女兒，內心很不安，對方會傾聽她訴苦，也很照顧她。」

「請問妳知道那個人的名字嗎？」

「不，名字就……」

「是嗎？」薰低下頭時，坐在一旁的湯川問：「妳有沒有聽說那個人四處公益表演的理由？」

「理由……嗎？」關根露出了困惑的表情。

「沒有任何酬勞，四處為人表演連環畫劇，需要強烈的意志。我相信應該有某種契機，島內千鶴子女士沒有向妳提過這件事嗎？」

關根稍微想了一下之後，緩緩開了口。

「雖然我並不瞭解詳細的情況，但聽千鶴子姊說，那個人很喜歡小孩，希望為更多孩子帶來笑容。」

「原來是這樣，為更多孩子帶來笑容。妳剛才說她去各地表演，請問妳知道主要是在哪一帶表演嗎？」

「不清楚，」關根歪著頭，「聽千鶴子姊說話的語氣，好像並不是在全國各地，而是在這一帶……也就是首都圈表演，但我沒有太大的自信。」

「沒問題，謝謝妳。」湯川對薰點了點頭，似乎沒有其他問題了。

薰判斷無法從關根口中問出更多線索，於是決定到此為止。她道了謝，站了起來。

三個人一起來到玄關大廳，薰再度向金井道謝。

「我不會問你們在偵辦什麼案子，只是不知道有沒有幫到你們的忙。」

金井問。

「提供了很大的參考，謝謝兩位的協助。」

「那就太好了。」金井在說話的同時，嘆了一口氣，「真希望不是為了這種事，而是有人為了好事上門採訪。我想起來了，半年前，也有警察上門，雖然是為了其他事。」

「警察嗎？請問是為了什麼事？」

「我忘了具體的名稱，關於網路犯罪相關的抽查……我記得好像是這樣講。」

「抽查嗎？」

薰幾乎沒聽說過這種事，忍不住歪著頭納悶。

「正確地說，並不是警察，而是受警察的委託來調查。上門的是一個中年女人，說我們的官網上使用了有拍到人物的照片，問我們有沒有獲得當事人的同意。我們回答說，當然徵求了當事人的同意，對方要求我們當場聯絡當事人。」

「當場？聯絡當事人？」

「對方說，如果不這麼做，就無法發揮抽查的效果。」

「啊！」站在一旁的關根叫了一聲，「園長，當時聯絡的對象就是園香，就是千鶴子姊的女兒園香。」

「喔，是這樣嗎？」金井摸著額頭。

「沒錯，因為是我查了園香的電話。」

「請問是怎麼回事？是否可以說得更詳細一點？」

關根向他們說明了以下的情況。

當金井回答說，已經獲得官網照片中人物的同意後，那個自稱是受警方委託調查的中年女人拿出平板電腦，點選了「朝影園」的官網，指著照片中的人物說，希望園方可以出示照片中每個人的同意書。金井回答說，並沒有同意書，但得到了當事人的口頭應允。那個中年女人指著其中一人說，希望立刻和她聯絡。那個人就是島內園香。

關根查了島內園香的電話，由金井當場撥打了電話。接通之後，把電話交給了那名女調查員。那個女人向園香確認，是否同意官網使用她的照片後，似乎瞭解了情況，把電話交還給金井。

「可以讓我看一下那張照片嗎？」薰問。

「可以，請跟我來。」

關根帶著薰和湯川走進辦公室，在電腦中顯示了那張照片。那是聖誕派對的照片。

「那名女調查員當時就是問這張照片。」

照片中有一個十歲左右的女孩，仔細觀察後，發現的確是島內園香。也就是很久以前拍的照片。

「在重新設計官網時，有人提出可以貼聖誕節活動的照片，但最近拍的照片都不太滿意，於是就決定用這張照片，然後就沿用至今。」

「園香小姐也參加了聖誕派對嗎？」

「雖然她並不是院童，但因為任何人都可以參加，所以她也一起來玩。」

薰點了點頭，再度注視著照片。看起來還是小學生的島內園香手上抱著娃娃，笑得很開心。那個長頭髮的娃娃穿著藍色和粉紅色條紋的毛衣。

9

銀座，並木大道。

看了手錶，目前是晚上七點多。草薙認為時間剛好，於是走向電梯廳。他打算去的那家店位在十樓，也是這棟大樓的頂樓。那一整層樓都是同一家酒店——「VOWM」。

一樓的電梯廳內放了很多花籃，似乎有新店開張。

因為時間還早，所以電梯內沒有其他人，中途當然也沒有停下，就直接到了十樓。

電梯門打開，正前方是一道牆，牆上畫了無數閃爍的星星。店的入口在右側，但草薙還沒有轉頭看向右側，就聽到了活力充沛的招呼聲：「歡迎光臨。」

一個身穿黑色西裝的男人站在門口。那是草薙認識的酒店少爺，但不知道他的名字。對方一看到草薙，立刻露出驚訝的表情，但隨即滿臉堆笑地說：

「啊呀呀，沒想到是草薙先生，歡迎光臨，好久不見了。」他低下梳得整齊的腦袋鞠躬。

「太久不見了，我還以為你已經不記得我的名字了。」

「怎麼可能呢？請問今天和誰有約嗎？」

「不，我一個人。」

「我瞭解了，立刻為您帶位。」

「媽媽桑今天晚上會來店裡嗎？我不是問助理媽媽桑，而是秀美媽媽桑。」

少爺露出困惑和狐疑的表情，但隨即收起了這種表情回答說：「我馬上為您確認。」

「拜託了，我坐在吧檯就好。」

「是。」少爺點了點頭。他似乎猜到，草薙今天上門，並非單純來喝酒。他知道草薙的職業。

草薙坐在吧檯前，用小毛巾擦手時，酒保把一瓶野火雞放在他面前。草薙驚訝地發現，那是自己幾年前開的酒，酒瓶中還剩下三分之一。

「要為您調兌水酒嗎？」

「嗯，拜託了。」

草薙喝著兌水的波本酒，剛才的少爺走了過來。

「我聯絡到秀美媽媽桑了，她說一定要來向您打招呼。」

「太不敢當了。」

「媽媽桑來之前，要不要找一位小姐陪您？」

「不，不用了，謝謝。」

草薙目送少爺離開後，打量了一下店內。因為時間還早，所以只有零星幾個客人。陪客人一起來店裡的小姐最早也要八點之後才會進來。

上辻亮太在上個月二十三日打電話給根岸秀美。通話時間只有五分鐘，所以可能沒有談什麼重要的內容，但是草薙對最近並沒有工作的上辻打電話給銀座酒店的媽媽桑到底有什麼事感到十分好奇。而且在調查通聯紀錄後，發現這幾個月期間，他曾經打過三次電話。

草薙認為如果再無法掌握線索，案情恐怕會陷入瓶頸。成立特搜總部已經好幾天了，但偵查工作並沒有太大的進展。

針對遺體身上的子彈進行分析後，相關人員報告，是從點22口徑的手槍發射的子彈。從子彈上留下的膛線研判，很可能是土製槍枝或是改造槍枝，很難查到出處。很多土製槍枝都來自菲律賓，但只要有圖紙，擅長操作工作機械的人就可以動手製作。當然兇手並不一定有這種技術，黑市到處可以買到槍枝。

草薙想著這些事，發現身旁有動靜。

「沒想到一陣子不見，你越來越優秀了。」

聽到性感的說話聲，轉頭一看，身穿和服的根岸秀美面帶笑容看著他。她以前就很瘦，但現在的臉比之前更小了。她年紀大約七十左右，但皮膚很有光澤，即使說她才五十多歲，可能也會有人相信。雖然是高超化妝技術的成果，只不過畢竟是行家，完全看不出濃妝的痕跡。

「妳是說我發胖了嗎？」

「沒這回事，我是說你更有男人味了，失禮了。」

根岸秀美打了招呼後，在草薙身旁坐了下來。草薙聞到了高雅的香水味。

「媽媽桑，妳看起來氣色也很不錯。」

「如果你這麼覺得，那是因為難得有機會看到你。可以請我喝一杯嗎？」

「當然。」

酒保似乎聽到了他們的談話，走過來後，用小杯子調了一杯兌水酒。

「我們有重要的事要談，讓我們獨處一下。」根岸秀美拿起杯子時對酒保說。酒保默默鞠了一躬，不知道走去哪裡了。

「那我就不客氣了。」根岸秀美喝了一口兌水酒後，向草薙拋了一個媚眼說：

「你不叫年輕小姐來陪酒，在這裡等我這個老太婆，想必是有什麼重要的事。今晚是為什麼而來呢？」

「媽媽桑果然很瞭解狀況。」草薙從上衣內側口袋拿出一張照片，是上辻亮太的照片，「妳認識這個人嗎？」

「借我看一下。」根岸秀美接過照片，雖然嘴角帶著笑容，但露出嚴肅的眼神注視著照片，然後輕輕搖了搖頭，把照片還給了草薙。

「很遺憾，我不認識這個人。原本以為是客人，但我的記憶檔案中沒有這個人。只不過我的檔案很不可靠，所以也無法斷言。」

「但是這個人曾經打電話給妳，就在上個月的二十三日。」

「二十三日曾經打電話給我？啊喲，到底是誰啊。我可以確認一下嗎？」

「請便。」

根岸秀美從小皮包內拿出智慧型手機，動作熟練地操作起來。不一會兒，倒吸了一口氣，似乎察覺了什麼，然後露出窺視的眼神看著草薙問：

「該不會是上辻先生？」

「看來你們果然認識。」

「認識……嗯。」根岸秀美歪著頭，連身體也跟著傾斜起來，然後把手機放回了皮包。「那種關係可以稱為認識嗎？雖然曾經通過幾次電話，但我並不想和他說話。」

「請問你們是什麼關係？可以請妳告訴我們嗎？」

「雖然說明起來有點困難，不瞞你說，我在半年前發現了潛力股。」

「潛力股？」

「一個女生。外形很亮麗，但並不只是開朗而已，而是可以在她身上感覺到一絲憂愁。我覺得如果她來我的店裡，絕對可以成為紅牌。」

「原來是這樣的潛力股。」

根岸秀美似乎是指坐檯小姐。因為完全出乎意料，所以草薙有點不知所措。

「我已經這把年紀了，也要開始規劃這家店的將來，經常覺得差不多該見好就收了。就在這個時候，遇見了那個女孩，所以就想在這個行業再拚一次。只要好好栽培她，絕對能夠成大器，也確信會讓這家店賓客盈門。我簡直對她一見鍾情。」

「既然能夠獲得妳這麼高的評價，想必對方是個狠角色。是在哪家店上班的小姐？也是在銀座嗎？」

沒想到根岸秀美面帶微笑，搖了搖頭說：

「是和夜店無緣的女生，她在花店當店員。」

「這樣啊……」根岸秀美似乎並非在說完全無關的事，「這個潛力股叫什麼名字？」

「她叫園香，島內園香，今年好像二十三歲。她真的很出色，我的朋友要舉辦香頌的現場演唱會，我想送花給那個朋友。她當場用手機聽了歌曲，為我挑選了符合歌曲意境的花。現在這個年代，很少有年輕人願意這麼為客人著想。雖然她並不算特別漂亮，但有一種特殊的感覺，無論男女都會被她吸引。如果交給星探，絕對找不到這種人才，所以我當場遞了名片給她，問她想不想來我的店裡上班。她大吃一驚，以為我在開玩笑。我努力說服她，說我並不是開玩笑，而是認真的。她似乎也有點動了心，說要好好想一想再回覆我。沒想到突然出現了意想不到的人來攪局，和她同居的男人打電話給我抗議，說他不想讓女朋友去酒店上班，叫我不要動歪腦筋。那個男人就是上辻先生。」

原來是這樣的關係。草薙恍然大悟。

「那件事後來怎麼樣了？」

「雖然我們通了幾次電話，我努力試圖獲得他的諒解，但始終沒有交集，然後就沒有下文了。園香似乎並沒有勇氣不顧男友的反對來夜店上班。」

「之後妳沒有再和園香聯絡，問她是否改變主意？」

根岸秀美苦笑著搖了搖頭說：

「沒有。我從年輕時就不做遭人拒絕還死纏爛打這種丟人現眼的事。」

「但是上個月二十三日，上辻又打電話給妳，可以請教是為了什麼事嗎？」

「沒什麼好隱瞞的，他打電話來問我，那件事還有效嗎？」

「那件事？」

「就是僱用園香的那件事。我回答說，只要她本人願意，隨時都很歡迎，沒想到他竟然提出要我支付一筆安家費。我回答說，我知道她可能需要張羅很多事，我也打算準備一筆錢。結果你猜他說什麼？」

「他說什麼？」

「他說如果要正式做酒店小姐，就必須讓她辭去目前的工作，需要一筆能夠讓她生活無虞的錢。我問他要多少錢，他開口說至少三百萬圓。」

草薙噗哧一聲笑了出來。

「他還真敢開口啊。」

「我在和他通電話時忍不住納悶，他為什麼現在打電話給我，現在聽你這麼說之後，終於瞭解了。也就是說，他的目的就是為了錢。雖然我不知道他發生了什麼事，但可能急需要用錢。我當時回答說，我會考慮看看，然後就掛了電話，但我知道只能放棄園香了。因為無論再怎麼出色的女生，沒有看男人的眼光就是致命傷。」

「之後呢？妳有沒有和她聯絡？」

「沒有。」根岸秀美否認，「我沒有和她聯絡，我打算如果再接到電話，就回答說這次沒有緣分，但之後就沒有任何音訊了。不知道他在想什麼，真是沒有禮貌。」

「原來是這樣，我瞭解了。不好意思，一直追問妳細節的問題。」草薙舉起一隻手道歉後，順便拿起了酒杯。

「上辻先生出了什麼事嗎？」根岸秀美小聲問道，「他似乎很缺錢，該不會去搶劫了？」

「聽妳的口氣，似乎並不知道情況。」

「什麼情況？」

「上辻失蹤了，後來被發現漂流在千葉的海上。」

「漂流。」根岸秀美小聲嘀咕後，做出了顫抖的動作，「我確認一下，不是因為搭船或是游泳，對嗎？」

「很遺憾，並不是這樣。」

根岸秀美坐直了身體說：「那不是很嚴重的事嗎？」

「所以我們正在四處掌握情況。」

「這樣啊，工作辛苦了。」根岸秀美一臉嚴肅的表情鞠了一躬，「請問……草薙先生，那園香目前怎麼樣？既然那個人死了，她現在一個人嗎？」

「很抱歉，我無可奉告，因為偵查不公開。如果妳關心她，要不要自己和她聯絡？」

「也對，我等一下打電話給她。」

「是啊。」

但我猜想電話不會打通。草薙在心裡繼續說道。

連續有客人走進店裡，也有小姐帶客人進場。

「媽媽桑，我最後還想請教妳一個問題。或許妳聽了會不舒服，但這個問題必須問所有關係人。」

「你不必介意，任何問題都儘管問。」

「不好意思，那我就恭敬不如從命了。請問妳還記得自己上個月二十七日至二十八日在哪裡嗎？」

「二十七日和二十八日嗎？」根岸秀美再次拿出手機，「那兩天我的身體不太舒服，所以幾乎沒有出門。」

「也沒有來店裡嗎？」

「沒有。也許你已經發現了，我現在很少來店裡。我這種老太婆整天在店裡打轉，客人看了也不會高興。今天如果不是聽說有特別的客人在等我，我也會在家裡休息。我現在已經很習慣閉門不出了。所以——」根岸秀美對著草薙嫣然一笑說：「我沒有不在場證明。」

「如果有辦法證明妳都沒有出門，就是很完美的不在場證明。妳有沒有和誰在一起？」

「很遺憾，我只是一個孤獨的老人。警方在懷疑我嗎？」

「並不是這樣。我瞭解了，那就先這樣。」草薙喝完已經變得很淡的兌水酒後，把杯子放在吧檯上說：「麻煩為我結帳。」

「今晚就算我請客。」

「那可不行，我也有我自己的原則。」

「是嗎？那就像以前一樣，我會寄請款單給你。寄件地址沒變吧？」

「沒變，那就拜託了。」草薙說完站了起來。

走出酒店，搭上電梯時，根岸秀美也走了進來。她似乎打算送他到樓下。

「難得喝得這麼高興。」

「太好了，希望下次你可以坐久一點。」

「一言為定，我改天再來打擾。」

「請你務必賞光，到時候會安排很多漂亮小姐。」

「我很期待。」

電梯到了一樓，草薙看到電梯廳內的許多花籃，突然想到一件事，停下了腳步。

「怎麼了？」根岸秀美問他。

草薙拿出手機說：

「既然難得來這裡，那就拍一張紀念照。如果妳不介意，要不要合照？」

「啊喲，如果你不嫌棄，我很樂意。」

根岸秀美叫住了剛好路過的少爺，請他為他們拍照。少爺欣然答應，草薙把手機遞給他。

拍完照之後，草薙把手機放回內側口袋，對根岸秀美說：「那就改天再來打擾。」

「請多指教。」她雙手放在身體前，恭敬地鞠了一躬。

草薙走在夜晚的銀座街頭，轉過街角後，拿出了手機，找出了剛才拍的那張照片。從根岸秀美的笑容中，可以感受到飽經世故的人那種兵來將擋的特有從容和決心。

也許最近真的可能再去那家店，到時候找那個老友一起去也不錯。

10

青山店長看了手機上照片後的反應明顯和上次不同。她雙眼發亮，用力點著頭說：

「沒錯，就是她。那天雖然打扮得沒有這麼漂亮，但我覺得以她的年齡來說，真的很脫俗。」

「謝謝妳。」薰說完後，接過了手機。手機照片中的兩個人都和顏悅色，其中一人是草薙，另一個人名叫根岸秀美，是在銀座經營高級酒店的媽媽桑。

「可以請妳再詳細說明一下這位婦人來店裡時的情況嗎？她是不是問，島內園香小姐在不在？」

「我忘了她具體的措詞，但應該就是這樣。我告訴她，島內今天休息，她問我是不是輪到她休息，於是我就回答，那天不是輪休，而是她身體不舒服。她問我是不是經常有這種情況。我記得當時回答說，並不是這樣，她很少臨時請假。」

「妳們只聊了這些嗎？」

「除此以外，嗯……」青山店長歪著頭想了一下後說：「對了，她還問了上班時間。」

「上班時間？」

「她問島內小姐最近的上班時間是從幾點到幾點，我回答說，每天的時間不一樣……」

「她怎麼說？」

「她問我島內小姐最近忙不忙，我回答說，不同的時期情況不太一樣，那段時間剛好不會太忙。她回答說，是這樣啊，然後就走了。她看起來似乎很擔心園香。」

「她之後沒有再來過這裡，對嗎？」

「對，據我所知，沒有再來過。」

「我瞭解了，不好意思，在妳忙碌的時間打擾。謝謝妳的協助。」

薰回到特搜總部後，看到草薙正拿著手機在和誰通電話。

「是獨棟的房子嗎？那裡是住宅區？……好，那就分頭行動，向左鄰右舍查訪……最好能夠找到知道她躲藏地點的人，但可能無法有太多期待，只要是有關松永奈江的任何情況都沒問題，不，還要盡可能調查一下她丈夫的事，像是在哪裡工作……對了，如果知道她經常去買東西的店家，或是髮廊，也要去那裡問一下。只要時間允許，盡可能多蒐集各種線索……對，就是這樣，那就拜託囉。」

薰看到草薙用熱切的語氣講完電話後，走過去對他說：

「股長，我回來了。」

「情況怎麼樣？」

「你猜對了，就是這個女人去了花店。」薰在手機上找出了草薙和根岸秀美的合影。

草薙眉開眼笑，右手握拳打在左手的手掌上。

「果然是這樣。我一直記得妳之前說，有一位老婦人去找島內園香的事。店長不是說，雖然老婦人上了年紀，但有一種亮麗的感覺嗎？我和秀美媽媽桑見面後，在臨別時突然想到了這件事。看來我身為刑警的直覺還很管用嘛。」

「那位媽媽桑沒有告訴你她曾經去花店找園香小姐這件事讓人很在意。」

「不光是讓人在意，而且大有問題。我不認為她忘記了，我們聊到了島內園香，她沒有想到這件事太奇怪了，而且她還很堅定地說，她從年輕時開始，就從來沒有做過遭人拒絕還死纏爛打這種丟人現眼的事。」

「但她去了花店找園香小姐，而且聽青山店長說，感覺並不像是剛好路過，順便去看一看而已。」

「怎麼回事？」

薰詳細報告了從青山店長口中聽說的事。

草薙抱著雙抱說：

「聽了當時的情況，的確很有可能是為了調查島內園香的近況，特地去花店找她。」

「既然這樣，很可能之後也試圖見面，只是她似乎並沒有再去花店。如果她們真的見了面，可能是在其他地方。」

「她去找島內園香的目的到底是什麼？只是不想放棄島內園香，繼續說服她在自己店裡上班嗎？從她熱切的口吻判斷，感覺真的很中意島內園香，簡直就像在挖角職棒選手。」

「挖角園香小姐當酒店小姐嗎？」

草薙聽了薰的嘟囔，皺起了眉頭問：

「是啊，怎麼了？妳有什麼意見嗎？」

「不是有什麼意見，只是不太能想像。雖然我沒有見過她本人，所以也不便說什麼，但總覺得園香小姐並不屬於這種類型的人。聽她的高中老師說，她不太表達自己的意見，很容易受別人影響。這種女生適合在酒店上班嗎？那不是一個生存競爭很激烈的行業嗎？」薰鼓起勇氣，說出了自己一直在意的事。

「那倒是。」

「更何況有用這種方式挖角的嗎？會突然問在花店上班的女生，要不要去酒店上班嗎？」

「妳問我，我也不知道啊。」

「但是岸谷主任說，你很精通高級酒店的事……」

「那傢伙隨便亂說，妳不要誤會，我只是每年會去幾次而已。但是我能夠理解妳想要表達的意思，總之，必須瞭解秀美媽媽桑和上辻，還有島內園香之間的關係。但是看上辻手機的通聯紀錄，他們似乎並沒有很密切的關係，最近只有二十三日那一天通過電話，而且只有短短五分鐘而已。」

「他打電話去問，是否仍然想要僱用園香小姐，對嗎？」

「對。調查上辻的銀行帳戶後發現，他在金錢方面的確捉襟見肘。以前曾經有五百萬左右的存款，這一年來，存款餘額急速下降。因為他都沒有工作，這也是理所當然的結果。」

「他自己不好好工作，卻想叫女友去酒店上班，還向媽媽桑索取安家費——果真如此的話，真的是人渣，我能理解園香小姐為什麼逃走。」

「問題是上辻已經死了，根本沒必要再躲起來。還是說，她並不知道上辻死了？不，這不可能……」草薙抱起雙臂，小聲嘟囔著。

「目前還沒有查到任何有關島內園香小姐她們下落的線索嗎？」

「很遺憾，目前以東京都內為中心，把島內園香的照片寄去各飯店、旅館和週租公寓，都沒有收到任何線索。」

「對了，剛才聽到你指示其他人查訪，提到了松永奈江的名字……」

草薙從桌子上拿起一份資料說：

「已經查明了松永奈江搬到目前公寓之前的地址，位在埼玉縣新座市。雖然不知道她從什麼時候開始住在那裡，但從三十五年前開始，她連續二十多年都在埼玉縣換駕照，在這段期間，住址都沒有更換。」

這些似乎是從駕照的資料庫中找到的線索。

「既然在那裡住了二十多年，應該可以查到不少線索。」

「否則就傷腦筋了。光憑很可能和重要關係人在一起的理由，無法申請到搜索令。」草薙愁眉不展地說完後，突然想到了什麼，轉頭看著薰問：「妳和湯川一起去育幼院之後有沒有聯絡？」

「沒有，老師完全沒有和我聯絡。」

「妳要主動去試探他，也許他終於願意寫電子郵件給松永奈江了。」

雖然薰對此抱有懷疑，但還是回答說：「那我試試。」

天黑之後，去松永奈江之前住處查訪的偵查員回到了特搜總部。帶隊的岸谷開始向草薙報告，正在桌前寫報告的薰也停下手，豎起了耳朵。

「松永奈江在三十六年前搬去新座市，聽說她那時候剛結婚不久，是她的丈夫建了那棟房子。她丈夫名叫松永吾朗，漢字是這樣寫。」岸谷大步走去白板，俐落地寫下了「松永吾朗」幾個字。「他是生意人，經營好幾家餐廳，他比松永奈江大將近二十歲，但聽說是第一次結婚。附近的鄰居說，松永奈江沒有外出工作，看起來像是專職家庭主婦。他們夫妻維持了這種生活多年，在搬去那裡十幾年後，吾朗病倒了，然後就離開了人世。參加葬禮的人說，死因是肺癌，在發現之後撐不到半年就離開了人世。之後，松永奈江就一個人住在那裡，在十一年前賣了那裡的房子，搬到現在所住的公寓。目前並沒有找到任何知道她是繪本作家的人，這就是大致的情況。」

岸谷用這句話結束了報告。

「沒有打聽到任何有助於掌握她躲藏處的線索嗎？」草薙不滿地問。

「今天並沒有打聽到可以直接連結的……但有一個消息值得一聽。松永夫婦以前很愛旅行，經常長時間外出旅行，而且並不是出國，而是在國內旅行。」

草薙微微探出身體問：

「他們有長期逗留的地方嗎？比方說別墅之類的？」

「今天打聽到的情報中，並沒有聽說他們有別墅或是度假公寓。」

「這樣啊，但即使名下有別墅或是度假公寓，也會想到警方很快就會查到，躲藏在那裡的可能性很低。」

「我也有同感，但聽說已經去世的松永吾朗人脈很廣，也許他的朋友中有人有這樣的房子，借給他們住幾個月。」

草薙聽了岸谷的意見，彈了指說：

「你說對了。趕快清查和松永吾朗有密切關係的人中，誰的名下有這種不動產。」

「我知道，已經在著手調查了。」岸谷語氣冷靜地對一臉興奮的草薙說。

11

秋高氣爽的天空一片蔚藍，薰看著天空中飄浮的雲朵，忍不住想到了泡芙。這時，手機響起了來電鈴聲，她瞥了螢幕一眼，立刻接起了電話。

「喂，我是內海。」

「我到了，正走向驗票口。」

「我知道了。」

掛上電話後，薰發動車子的引擎。她目前把車子停在第一京濱道路的路肩，確認了後方，緩緩駛了出去。

當她駛向品川車站高輪出口的計程車搭乘處時，看到湯川已經站在那裡。他似乎發現了薰的車子，跑過來後，動作俐落地坐上副駕駛座。

「大約多久會到？」湯川在繫安全帶時問。

「根據衛星導航系統顯示，大約一個多小時，沒想到這麼遠，有點出乎意料。」

「不，並不會出乎意料。新座市雖然就在練馬區旁，但練馬區東西向很長，而且和新座市相鄰的地方又是離都心最遠的地方。」

「你知道得真清楚，你有朋友住在練馬嗎？」

「以前帝都大學有一個校區在那裡，物理系就在那裡，那時候我在當研究助理，所以是二十年前的事了。」

「所以你會很懷念吧？」

「也沒有，因為我除了大學以外，幾乎沒有去其他地方，而且我們等一下要去的是新座市，和練馬區並沒有關係。」

「也對。」

薰在草薙的催促下，昨天打電話聯絡了湯川，當她拜託湯川寫電子郵件給松永奈江時，湯川也拒絕了。

「在『朝影園』聽到了很多事，我也瞭解到松永女士對島內母女來說，的確是很特殊的人，我也不否認她和園香小姐共同行動的可能性很高這件事，但目前仍然不瞭解她和這起案子到底有什麼關係，所以不應該把她視為嫌犯。」

薰提出可以寄電子郵件給她，瞭解她會有怎樣的反應，但顯然是白費口舌。湯川說，如果松永奈江刻意窩藏島內園香，不會理會幾乎沒有交情的人寫的電子郵件。

但是，當他從薰口中得知查到了松永奈江之前住的地方後，立刻產生了興趣，甚至要薰告訴他地址，說他想去看一下。

薰回答說，既然這樣，她可以開車帶湯川一起去。於是他們約好在品川車站見面。

車子從五反田上了高速公路，經過大橋立交樞紐向北行駛。路上並沒有太多車子，也許可以比衛星導航系統預測的時間更早到。

「案子偵辦的情況怎麼樣？」湯川問。

「老實說，並沒有太大的進展。雖然被害人在至今為止的人生中，並沒有建立良好的人際關係，但並不至於到結怨的程度，幾乎所有人都對他避之惟恐不及，不希望再和他有任何牽扯。這一陣子幾乎沒有工作，所以也沒有在工作上和別人發生糾紛。」

「所以如果發生糾紛的話，就是身邊的人嗎？」

「島內園香小姐的確很可疑，但她有不在場證明。我認為應該可以相信和她一起旅行的朋友所說的話。」

「所以你們認為是松永奈江女士行兇殺人。我也對草薙說了，果真如此的話，島內園香小姐逃亡和躲起來就太奇怪了。」

「你的意思是，島內小姐有不在場證明，只要堅稱什麼都不知道就好。我認為你的意見很有道理，問題是並不是每個人都能夠像老師一樣做出合理的行為。有時候明知道不合理，不是仍然會走向錯誤的道路嗎？」

「妳認為這次的案子就屬於這種情況嗎？島內園香小姐做錯了什麼？」

「最有可能的就是她對事情鬧得這麼大感到害怕。雖然製造了不在場證明，但參與殺人的狀況造成的壓力比想像中更大，沒有自信可以在警察面前臨危不亂，於是就逃走了——有沒有可能是這種情況？」

「如果她一個人逃走，我可以同意妳的意見，但要怎麼說明松永奈江女士也和她在一起這件事呢？如果松永女士實際行兇殺人，不是反而會說服園香小姐不要逃走嗎？」

「也許無法成功說服，或是松永女士也認為島內園香小姐害怕的樣子很不尋常，認為她無法在警察面前演戲。」

「雖然我不會說完全不可能有這種情況，但如果園香小姐的個性這麼脆弱，應該一開始就不會擬定這種計畫，不會擬定殺人這種膽大包天的計畫，還有其他方法可以保護園香小姐遠離上辻的家暴。」

湯川的反駁一如往常說中了要害，薰無言以對。

「如果可以找到她們兩個人，就可以搞清楚是怎麼一回事，她們到底躲去哪裡了？因為好像並沒有住在飯店或是旅館，只能逐一清查他們朋友名下的別墅和度假公寓。」

「她們確實沒有住在飯店或是旅館嗎？」

「雖然無法斷言，但可能性應該很低。目前已經把島內園香小姐的照片傳給各大飯店和旅館業者，只要有容貌相似的人入住，請他們通知警方，目前完全沒有接到任何消息。」

「把照片傳給業者？警方並沒有松永女士和園香小姐的逮捕令，可以做這種好像把她們當成通緝犯的事嗎？」

「我們請園香小姐的僱主報案說她失蹤了，因為有可能被捲入殺人命案，所以她被視為特殊失蹤人口，可以請各方協助尋找她的下落，但並沒有廣發松永女士的照片。因為她告訴她的責任編輯，她一個人出門旅行，所以不算是失蹤。」

「而且目前也沒有證據顯示，松永女士和島內園香小姐在一起。」

「你說得對。老師，你果然不希望松永女士是兇手嗎？」

「果然是什麼意思？」

「你希望可以相信曾經有過短暫交集的人……」

「我對松永女士並沒有很熟，不至於袒護她，所以才會想去她以前住的地方，瞭解她到底是怎樣的人。妳不要毫無根據地亂猜。」

「對不起，我會注意。」

「對了，」湯川稍微改變了語氣，「那件事怎麼樣了？就是警察委託其他機構的人員，向網站經營者確認，網站上所使用的照片是否獲得了當事人的同意這件事。妳後來調查這件事了嗎？」

那是之前在「朝影園」聽到的事。

「我向網路犯罪對策課確認了一下，他們回答說，雖然目前很重視未經同意，使用他人照片的情況，但至少警視廳和千葉縣警並沒有進行抽查這種事。」

「嗯，果然是這樣啊。」

「這件事的確很令人在意，但已經是半年多前的事了，我認為應該和這次的案子沒有關係。」

薰表達了自己的意見，但湯川沒有任何反應。也許他又認為這是薰毫無根據的亂猜。

經過幾個立交樞紐後，薰駕駛的車子下了大泉交流道。接下來是普通道路，按照衛星導航系統的指示前往，很快來到一片規劃整齊的住宅區。經過那片住宅區後，周圍綠樹成蔭，到處可以看到種了果樹的地方。薰提起這件事，湯川很乾脆地說：「應該是為了節稅，這一帶有很多地主，為了節省固定資產稅，所以把這些地變更成農地。但如果只是形式而已，政府不會同意，於是就實際種了農作物，大部分都是省力的栗子樹。」

「原來是這樣，你果然對這一帶很熟。」

「那是泡沫經濟時代的情況，不知道現在是否仍然適用。」

車子繼續開了一段路，就看不到這種小型果樹園，出現了院子內有漂亮植樹的房子。薰看到有投幣式停車場，就把車子停在那裡。

「因為我們要去的地方周圍的路很窄，無法把車子停在路旁，所以我們走過去。」

「離這裡很近嗎？」

「對，地圖上顯示就在前面。」

下了車後，走進狹窄的岔路。路旁都是獨棟的房子，房子之間保持了適當的間隔。薰走在路上時，不時低頭看著手機顯示的地圖，她向之前來這裡查訪的偵查員確認了幾個記號。

薰看到「山下」的門牌時，停下了腳步。那是一棟白色歐式建築，和其他偵查員所描述的情況一致。應該就是這棟房子。

「這裡是？」湯川問。

「這裡是松永奈江女士他們之前住的地點，但他們以前住的房子拆掉了，然後建了這棟房子。」

「這棟房子的確看起來比其他房子稍微新一點。」湯川環顧周圍後，緩緩邁開步伐。

他站在隔壁那棟房子前。門前掛著「兒島」的門牌。

「聽之前來查訪的偵查員說，這戶人家的太太和松永奈江女士的交情最好。」

「真是好消息。」湯川說完，按了對講機的門鈴。

薰大吃一驚地問：「你在幹什麼？」

湯川一臉若無其事地問：「有什麼問題嗎？」

對講機內傳來一個女人的聲音。「請問是哪一位？」

「不好意思，百忙中打擾了。我們是警視廳的人，想請教妳幾個問題，不知道妳現在方便嗎？」湯川口齒流利地對著對講機說。

「請等一下。」女人的聲音回答。

薰嘆了一口氣，瞪著湯川。

「如果你要這麼做，希望可以事先告訴我一下。」

「是嗎？但妳應該不會認為我大老遠跑來這種地方，只是想看看周圍的房子而已吧？」

「是這樣說沒錯……」

玄關的門打開了，一個披著開襟衫的嬌小女人走了出來。她的年紀大約六十多歲。

女人來到大門前對他們說：

「如果你們要問松永太太的事，我之前都已經告訴警察了。」

「謝謝妳的協助，」薰鞠躬說道，「因為還有幾個問題想要請教。」薰說完，轉頭看向湯川。

「兒島太太，請問你們是什麼時候搬到這裡？」湯川問。

「我們是在泡沫經濟崩潰之前建了這棟房子，所以已經有三十多年了。」

「你們搬來的時候，松永夫婦已經住在隔壁了嗎？」

「對，他們比我們早兩年在這裡建造了房子。」

「聽說妳和松永太太關係很好？」

「是啊，我們剛搬來的時候，不瞭解周圍的環境，松永太太經常告訴我很多事，像是哪家店可以叫壽司外賣之類的。」

兒島太太的話很有真實感。那個年代沒有網路，也沒有手機，這些在地的情報一定很有參考價值。

「在妳眼中，松永夫婦是怎樣的夫妻？」湯川繼續問道，「像是他們的生活情況、興趣愛好之類的，有沒有什麼令妳印象特別深刻的事？」

「他們是一對很恩愛的夫妻，松永先生比奈江太太大很多歲，個性很溫和，奈江太太也很溫柔。至少我從來沒有聽奈江太太抱怨過她先生，當時很流行打高爾夫球，奈江太太也學打高爾夫球，但聽說是松永先生建議她學的。他們很愛旅行，在松永先生退休之後，他們經常四處旅行。」

這些情況和岸谷所說的一致。

薰也一起發問。

「聽說他們經常出門長期旅行，但他們的名下應該沒有別墅或是度假公寓吧？」雖然岸谷已經確認了這件事，但她想再確認一次。

「對，我沒聽說過這件事，但奈江太太曾經說，他們經常會住在租賃的別墅。」

「請問是哪裡的租賃別墅？」

「對不起，我不記得了。」兒島太太一臉歉意地輕輕搖著手。

「他們似乎沒有孩子，關於這件事，妳有沒有聽說什麼？」湯川改變了話題。

「他們很想要孩子，尤其是松永先生，更是強烈希望可以有孩子，但奈江太太說，可能真的太晚了。因為他們結婚的時候，她已經三十五、六歲了。現在有很多治療不孕的方法，但當時的醫療技術就……雖然不能說是因為他們沒有孩子的關係，但他們很喜歡我家的孩子。好幾次我出門回家，發現孩子不在家，慌忙出門去找，結果發現在隔壁家吃點心。」

「請問是妳女兒嗎？」湯川問。

「不，是我兒子。雖然他上初中後，就不再有這種事，但在他生日時，奈江太太還送蛋糕過來，真的很疼愛他。」兒島太太的語氣很熱切，可能在說話時，心情漸漸激動起來。

「請問妳還記得松永先生去世時的情況嗎？」湯川再度改變了問題。

「我記得。那是我們搬來這裡差不多十年的時候，那一陣子有很長一段時間沒有看到他了，結果聽說他住院了……在他去世不久前，聽奈江太太說，他得了肺癌。聽她當時說話的語氣，似乎已經做好了最壞的打算。」兒島太太露出深有感慨的表情。

「松永奈江女士在她先生去世之後，仍然一個人住在這裡嗎？」

「對。雖然她經常說，一個人住在這裡太大了，而且有點可怕，想要搬去公寓，但後來還繼續在這裡住了超過十年。其實她並不是一直都孤單一人，在她先生去世後兩年左右，有一個年輕媽媽帶著女兒經常出入她家。奈江太太說是她的朋友，但她很疼愛她們，簡直把她們當成是自己的女兒和外孫女。」

「那個媽媽是不是叫島內千鶴子？」

兒島太太聽了湯川的話，立刻露出欣喜的表情，拍了一下手，握在胸前說：

「沒錯沒錯，就是千鶴子。雖然我不記得她姓什麼，但好幾次都聽到奈江太太叫她千鶴子。她們母女幾乎每個星期都會來玩，奈江太太變得很有精神，我還暗自感到高興，覺得當人生有了幹勁，就可以帶來巨大的動力。」

「在松永奈江女士搬走之後，妳們還有繼續保持聯絡嗎？」

湯川問，兒島太太遺憾地皺起了眉頭說：

「雖然她留了新家的地址，但我們之後並沒有聯絡。目前還沒有奈江太太的消息嗎？前幾天聽刑警先生說，她可能捲入了刑事案。」

「我們目前正在積極追查。」薰插嘴說。

「這樣啊。」兒島太太語氣消沉。

「謝謝妳，」湯川說，「我們瞭解了。」

「感謝妳的大力協助。」薰也向她道謝。

「希望可以早日發現她的下落。」兒島太太一臉凝重地說。

離開兒島家前，薰問湯川：「剛才的那些話有參考價值嗎？」

「掌握了松永奈江女士和島內母女的關係，除了島內母女很敬重松永女士，對松永女士來說，島內母女也是無可取代的存在。」

「松永女士得知她視為孫女的島內園香小姐遭到同居對象的家暴，不可能無動於衷。」

「心情應該無法平靜。」

「但如果問我，她會不會因此就殺人，我也不知道該怎麼回答。」

「我剛才也說了，還有很多其他解決的方法。現在和以前不一樣，有很多家暴相關的法律，也有很多提供諮詢的窗口。一旦遭到暴力，可以立刻去醫院開診斷書，然後去報警，就這樣殺了對方的解決方法未免太荒謬了。」

「那她們為什麼逃走？」

「不知道，可能想要隱瞞什麼事。」

「隱瞞？比方說什麼？」

「不知道，只能問當事人。」

湯川冷淡地回答後，身後傳來一個聲音，「不好意思。」

薰停下腳步回頭一看，發現兒島太太小跑著追了上來。

「有什麼事嗎？」薰問。

「我想起一件事，是關於度假公寓的事。」兒島太太上氣不接下氣地說。

「請問是什麼？」

「他們以前經常去滑雪場的度假公寓，有時候甚至會在那裡住一個月左右。這種時候，奈江太太都會事先來向我打招呼說，會出門一段時間。」

「哪裡的滑雪場？」

「我記得是新潟的滑雪場，對不起，我不太有自信。奈江太太說，她先生在學生時代參加了滑雪社，當時同社團的朋友買了那間度假公寓，但那個朋友很忙，很少去那裡，所以他們隨時都可以自由使用，連鑰匙也都一直放在他們那裡。」

「鑰匙……」

就是那裡——薰確信，內心激動起來。

「請問妳知道松永夫婦最後一次去那裡是什麼時候嗎？只要大約的時間就好。」

兒島太太歪著頭，摸著臉頰。

「我記得不是很清楚，印象中，直到在她先生去世的前一年，他們都還會去那裡。」

「我瞭解了，謝謝妳想起這件事。」

「因為是多年以前的事了，我也不滑雪，所以完全忘記了。上了年紀，記性越來越差，希望可以對你們有幫助。」

「妳提供了很大的參考，謝謝妳。」

薰發自內心向她道謝，兒島太太似乎感受到薰的心意，露出了心滿意足的笑容走了回去。

「我打一下電話。」薰向湯川打完招呼後，拿出手機，打電話給草薙，報告了剛才聽到的情況。

「一定就是那裡。」草薙壓低了聲音，代表他為此感到振奮。

「我也這麼認為。」

「好，那我叫岸谷去查一下，有這些線索，應該可以查到，辛苦妳了。」

薰聽了草薙慰勞的話後，掛上了電話。

「今天這一趟有收穫。」湯川說。

「大有收穫。」

「我猜想度假公寓應該在湯澤，湯澤有不少度假公寓。從這裡出發，可以很快上關越自動車道。以前泡沫經濟時期，車子在高速公路的入口大排長龍。」

「我知道，但聽說幾乎都沒有賣出去。」

「因為那些公寓完成時，泡沫經濟崩潰了，滑雪風潮也降溫了，但有很多真正的滑雪迷買了那裡的公寓，因為那些公寓的設備很完善。聽說目前仍然有許多屋齡超過三十年，卻不曾有人入住的公寓，而且價格很便宜。」

「現在都鼓勵遠距工作，所以有些人從首都圈搬去那裡生活，即使不是滑雪季節，有人住在那裡也不會引起懷疑，是長期躲藏的絕佳地點。」

「可能性的確相當高。」

「終於有了進展。」薰把手機放回口袋，「你接下來想去哪裡？剛才提到打高爾夫球，松永夫婦以前常去的練習場以前就在這附近，要去看一下嗎？」

「妳說以前就在這附近，代表現在已經沒有了？」

「目前變成安養院了。」

「既然這樣，去了也沒意義。我在這附近散散步，等一下會自己回去，妳可以先走了。」

薰聽了湯川的話，瞪大了眼睛問：

「這樣就可以了嗎？我們只問了一戶住家。」

「並不是問越多家越好，瞭解居住的環境，有助於瞭解一些事。」

「也許是這樣，但離這裡最近的車站是大泉學園車站，走路的話，距離很遠。」

薰順著道路看向前方，並沒有看到公車站。

「不用擔心，代我向草薙問好。」

「對了，股長說，想和你一起去一家店。是銀座的高級酒店。」

湯川意外地瞪大了眼睛。

「是嗎？案子還沒有偵破，他還真有閒情逸致啊。」

「那家酒店的媽媽桑可能和這起案子有關，她曾經邀島內園香小姐去她店裡上班。」

「這樣啊。」湯川歪著頭問：「這位園香小姐有這方面的魅力嗎？」

「光看照片和從其他認識她的人口中瞭解的情況，我不這麼認為。」

「但媽媽桑是這方面的專家，應該有不同於普通人的獨到眼光。那家店叫什麼名字？」

「是一家名叫『VOWM』的店。」

「波姆……嗎？」湯川喃喃嘀咕後，突然注視著某一點。

「怎麼了？」

「怎麼寫？」

「怎麼寫？」

「我是說那家叫波姆的店，那是哪一國的文字？應該不是英文。」

「等一下。」薰拿出記事本，翻開後回答：「V、O、W、M，不知道是哪一國的文字。」

「這樣啊，原來是VOWM。」

「店名有什麼問題嗎？」

「不，沒事，妳轉告草薙，我等他來約我。」湯川說完，轉身快步離去。

12

一陣風吹來，放在桌上的空紙杯被吹得移了位，同時感到背脊一陣發冷。園香拉了拉連帽衣的衣襟後站了起來。剛才打開窗戶想要透氣，但這裡的空氣已經讓人感受到下一個季節了。

她關上玻璃窗，鎖上月牙鎖，在拉起窗簾前，眺望窗外的風景。再過一個月，不遠處的深綠色樹林，也許就會漸漸被白雪覆蓋，但這裡並不是邊境地區，因為只要五分鐘就可以走到新幹線車站。

她回到沙發，繼續看著電視螢幕。電視上正在重播將近二十年前拍的推理劇，主演的年輕女演員目前都演媽媽的角色。她並不是想看這個節目而看，而是因為沒有其他節目可看，所以只能看這一台。

她從很久之前就對電視失去了興趣，無論新聞、藝文消息或是運動比賽的結果，都可以上網看到。努力用各種方法增加點閱率的 YouTuber 在鏡頭前的努力，比藝人在綜藝節目上滔滔不絕地說廢話有趣多了。影視作品也一樣，網路劇比整天被廣告打斷的電視劇精采多了，而且性價比也更優。

但必須靠智慧型手機這種文明的利器，才能夠享受這一切。當被要求不能使用手機時，她對無法用社群媒體和別人聊天感到不安，實際關機之後，才發現自己的日常生活在各方面都很依賴手機。用一句話來形容目前的狀況，就是「無法做任何事，也不知道可以做什麼事情」。

所以無論再怎麼無聊，也只能看電視。這是瞭解外界情況的唯一方法，也是輕鬆得到娛樂的手段。

為什麼會變成這樣？

展開逃亡生活後，她一直在思考這個問題。明知道想了也沒有用，但仍然無法不東想西想。

一年前很幸福。那時候和上辻亮太剛開始同居。

每天做完早餐，去叫醒還在睡夢中的男朋友是一件快樂的事。當他醒來後，總是吸著鼻子，試圖猜出味噌湯內的食材。雖然很少猜中，但總是稱讚味噌湯很好喝。

假日時，他們會一起去採買。上辻積極改變房間的氣氛。他經常說，這裡是兩個人的堡壘。

「以前這裡是妳和妳媽的堡壘，但現在不一樣了，變成了我們的堡壘，既然這樣，就必須升級。」

買了雙人床後，他又換了餐桌。雖然那張矮桌充滿了和千鶴子之間的回憶，但還是送去了二手店。雖然內心感到很寂寞，但她告訴自己，這也是無可奈何的事。不能永遠停留在過去。上辻這句話聽起來很正確，她完全無法反駁。最重要的是，上辻說「這裡是我們的堡壘」這句話，讓她感到高興。

上辻突然向公司辭職，為他們的生活帶來了極大的變化。

「我已經忍無可忍了。」他不悅地說。「老闆和其他同事太沒出息了，當初說好要做自己喜歡的工作，才成立了這家公司，只不過稍微遇到一些困難，就去向之前的公司低頭討工作，簡直讓人懷疑那些人根本沒有自尊心。我無法繼續和那些人一起工作。」

這並不是他第一次表達對公司的不滿，他平時經常抱怨，目前的狀況根本無法讓他充分發揮才能，但園香沒想到他真的會辭職，所以大吃一驚。

下一份工作已經有著落了。上辻說。

「之前就曾經有人找我合作，我在那裡一定能夠充分發揮實力。」

「這樣啊，那就放心了。」

園香心想，原來對有能力的人來說，換工作並不是什麼大事。

然而不久之後，情況越來越不妙。

雖然上辻說，下一份工作已經有著落了，但一直沒有再提這件事，也沒有出門上班。園香忍不住擔心，但覺得入職需要辦理各種手續，所以並沒有多問。沒想到過了將近一個月，仍然完全沒有進展，終於忍不住發問。

她在某天晚餐之後問：「你的工作怎麼樣了？」

正準備喝茶的上辻停下手，眉毛抖了一下。「什麼怎麼樣？」

「你什麼時候去上次說的那家公司上班？」

「喔，」上辻立刻露出了不悅的表情說：「我拒絕了。」

「啊？」園香瞪大了眼睛問：「為什麼？」

上辻皺著眉頭，用鼻子噴著氣。

「我詳細瞭解後，發現那家公司很無聊。都拍一些介紹超市特賣商品的宣傳影片，外行人也可以拍那種影片。雖然他們也會拍廣告，但都和鄉下地方的電視台合作，不可能受到矚目。我被他們騙了。」

「這樣啊……那接下來有什麼打算？」

「我不要再靠別人了，我決定自由接案子。」

「自由接案子？什麼意思？」

「就是不再屬於任何組織，自己想企劃，然後去向客戶推銷，一旦錄用，就以製作人的身分加入團隊。《星際大戰》這部電影就是喬治・盧卡斯用這種方式拍出來的。」

他舉例的作品太偉大了，園香完全沒有真實感。

「這樣沒問題嗎？」

園香脫口問道，上辻皺起眉頭，狠狠瞪著園香問：

「什麼叫沒問題嗎？這是什麼意思？」

「因為我懷疑事情是否有辦法這麼順利，我認為這個世界沒這麼好混，不可能只做自己想做的事。」

上辻立刻變了臉。他撇著嘴角，怒目圓睜，向園香伸出右手。他抓住園香的下巴，因為很用力，園香覺得很痛。

「這個世界沒這麼好混?妳是在訓小孩子嗎?妳以為我是誰啊?妳知道我至今為止做了多少工作嗎?妳對業界一無所知,不要一副自己很懂的樣子!」

「好痛……喔。」

「如果要我鬆手,那妳就道歉,為侮辱我道歉。」

「對不起。」園香帶著呻吟道歉後,上辻才終於鬆手。

園香摸著被他抓住的下巴,小聲地說:「我並沒有侮辱你,只是為你擔心。」

沒想到上辻的右手再次伸了過來,這次抓住了她的頭髮。園香尖叫起來。

「這就是侮辱,妳還搞不懂嗎?」

「對不起,對不起,我不會再說了。」

上辻鬆了手,一把推開她。

園香無法動彈,腦筋一片空白。

短暫的沉默後,上辻說:

「對不起,即使全世界都是我的敵人,只要妳和我站在一起,我就有自信不屈不撓,繼續奮戰下去。反過來說,至少希望妳能夠相信我的能力,但是妳說這種好像在懷疑我能力的話,我不是會很難過嗎?」

上辻費力擠出來的這番話聽起來情真意切，打動了園香的心。她認為上辻說得或許有道理，自己怎麼可以不相信他。

「亮太，你說得對，」她小聲嘟囔，「如果我真的相信你，就不會擔心。果然是我的錯，對不起。」

「妳知道就好。」上辻露出了溫柔的眼神，「妳不相信我，對我是最大的傷害。」

「我相信你，我向你保證，以後不會再亂說話了。」

奇妙的是，在園香的記憶中，這件事是自己的錯。

奈江姨婆——松永奈江在這件事發生後不久，突然來到家裡。雖然不時收到奈江姨婆詢問近況的電子郵件，園香每次都回覆說，生活完全沒有問題，請她不必擔心，但隱瞞了和上辻同居的事。因為園香猜想奈江姨婆得知之後，一定會不高興。她記得以前奈江姨婆經常對千鶴子說：「要注意園香的交往對象，她很容易受別人影響。」

因此當奈江沒有事先預告，突然上門時，園香很慌張。聽到門鈴後，她輕鬆地應了一聲「請問是哪一位？」門外傳來了奈江的聲音。她大吃一驚，把正在洗的平底鍋掉到了地上。

她無法假裝自己不在家，只能打開門。上辻剛好外出。

奈江一看到園香的臉，露出了欣喜的眼神。

「對不起，我剛好來到附近，臨時想來看看妳。雖然猜想妳可能去上班了，但總覺得應該可以見到妳，看來我的第六感很準。」戴著眼鏡的奈江臉上化著淡妝，笑著對園香說。

「妳可以先打電話給我。」

「即使妳不在家也沒關係，反正我並沒有什麼重要的事。」奈江在說話時，打量了室內。園香發現她頓時露出了不悅的表情。「如果會造成妳的困擾，那我就不打擾了。」

「沒這回事。」

「我可以進去稍微坐一下嗎？」

園香當然不可能拒絕。「嗯。」她應了一聲，請奈江進了屋。

她們在餐桌前面對面坐了下來。以前並沒有這張餐桌。

奈江看向房間深處。其中一個房間的拉門關著。那是上辻的房間。

「他是怎樣的人？」奈江語氣開朗地問，「你們好像已經住在一起了。」

聽奈江的語氣，似乎已經察覺園香的同居人是男人。

「他以前是店裡的客人，因為工作上要使用花，所以和我討論……」

園香向奈江說明了他們的交往過程。雖然她原本不想說得太清楚，但她不知道怎樣簡潔說明，最後連細節也都交代得一清二楚，而且還說了上辻辭職，目前以自由接案的方式工作的事。

奈江在聽園香說明時，嘴角始終帶著笑容，但只要看她的眼睛，就可以察覺到她並不接受這件事。

「妳很愛那個人嗎？」

奈江聽完之後問。因為這個問題太意外，園香連續眨了好幾次眼睛。

「我愛他啊，妳為什麼這麼問？」

「嗯。」奈江偏著頭，發出了低吟，「因為我聽了妳說明的情況，覺得不太對勁。那我換一種方式發問，妳真的對目前的生活感到幸福嗎？」

園香聽了奈江直截了當的問題大吃一驚。也許是因為這個問題命中了核心，所以她才會感到慌亂。她從來沒有想過這個問題。

但是，園香故作鎮定地回答：「幸福啊，當然幸福啊。」

「是嗎？那我問妳，對妳而言的幸福是什麼？無論將來怎麼樣，只要現在開心，這樣算是幸福嗎？」

「並不是像妳說的這樣，我有考慮到將來的事。」

「他也一樣嗎？妳能夠這樣斷言嗎？」

「可以啊，他有在考慮……」園香說話的聲音越來越小聲。她發現自己的體溫上升。

「他怎麼考慮？比方說，他打算在這裡住到什麼時候？你們計畫搬家嗎？雖然也許不該這麼說，但你們不可能在這裡終老。在考慮這個問題之前，必須先瞭解他和妳之間有什麼規劃？雖然我不認為結婚是一切，但他必須表現出對未來的展望，妳不這麼認為嗎？」

「……他說會認真對待。」園香回答時低著頭。

「怎樣認真對待？他真的有在工作嗎？雖然我不是很瞭解，但以自由接案的方式從事影視相關的工作很不容易，並沒有這麼簡單。他最近做了哪些工作？你們曾經聊過這個話題嗎？沒有吧？」

奈江的話就像是傾盆大雨的雨滴般打在園香的全身，但她完全無法反駁，只能低下頭。

然而，她也無法坦誠地承認。因為她覺得一旦承認，等於否定了自己至今為止的生活。她希望可以相信，即使在千鶴子死了之後，自己也能夠自食其力認真生活。

她被逼得走投無路，最後擠出一句：「妳不要管我！」

「妳說什麼？」

園香抬起頭說：

「我叫妳不要管我。我有自己的想法，也不是沒有考慮將來的事。我相信他，也認為只要和他在一起，一切都會好起來，所以請妳不要再干涉我做的事，妳不要再管我了。我和媽媽不一樣，妳……雖然媽媽把妳視為自己的媽媽，但對我來說，只是毫無關係的人。」

這是園香有生以來，第一次用如此強烈的語氣責備他人，而且很清楚最後一句話對奈江最有效。奈江聽了之後，的確難過地陷入了沉默。

氣氛變得很尷尬。園香驚覺對一直照顧自己的奈江說這種話太過分了，急忙想要說些什麼挽救。

沒想到就在這時，玄關的門打開了。

外人不可能隨便打開門，走進來的是上辻。他看到家裡有一名老婦人顯得很驚訝，不發一語站在那裡，然後露出質問的銳利眼神看向園香，似乎在問來者是誰。

「松……松永奈江姨婆。」園香向他介紹，「我之前不是曾經向你提過嗎？我媽媽生前，奈江姨婆很照顧她。」

園香的確曾經向他提過。

上辻露出恍然大悟的表情。

「奈江姨婆今天突然來找我。」

「原來是這樣。」上辻放鬆了臉上的表情，脫了鞋子，「我之前就聽園香說過，聽說妳很照顧她們，她還說，多虧了奈江姨婆，她才能有今天的幸福生活——對不對？」

園香不記得曾經說過這種話，但當然不可能不附和。她點了點頭說：「嗯。」

「喔，原來妳曾經這麼說。」奈江露出意味深長的眼神看著園香。

「我猜想妳今天是來確認園香有沒有好好過日子。」上辻嘴角露出笑容，半開玩笑說道。

「怎麼可能？沒這回事。我只是剛好來到這附近，所以順便過來看一看。」奈江露出苦笑後站了起來，「不好意思，打擾了。園香，那就改天再見。」

園香默默點了點頭。

奈江走了出去，呯地一聲關上了門，可以隱約聽到她走下樓梯的聲音。在腳步聲消失後，上辻立刻破口大罵：「妳點什麼頭？」他一腳踢翻了奈江剛才坐的椅子。

「啊？什麼？」

「她對妳說改天再見時，妳像傻瓜一樣點什麼頭？為什麼不對她說，以後不要再來了？」

「呃……」

園香陷入了混亂，完全無法理解上辻為什麼生氣。

「而且為什麼沒有經過我的同意，就隨便讓人進來家裡？這不是很奇怪嗎？」

「因為她突然上門……」

「把她趕走，說妳正在忙，不是有很多理由嗎？為什麼沒有把她趕走？」

「對不起，我完全沒有想到，因為她以前很照顧……」

「她只是很照顧妳媽，又沒有照顧妳，不是嗎？還是現在仍然照顧妳？她有給妳一毛錢嗎？她有幫助妳嗎？到底怎麼樣？」

「嗯……她現在並沒有照顧我。」

「對不對？既然這樣，就和她斷絕關係啊，今後絕對不要讓她再來家裡，也不要在外面和她見面，拒接她的電話。知道了嗎？」

「亮太，你這麼討厭奈江姨……你這麼討厭她嗎？」

「我討厭她，她應該也討厭我，她想要拆散我們。是不是？我猜對了吧？」

園香聽了大吃一驚。因為他完全說對了。他在見到奈江的瞬間就洞悉到這件事，可能是具備了與生俱來判斷對方是敵是友的天性。

「她問了我將來的事。」園香嘟囔道，「她問我，你有沒有認真考慮我們的將來。」

「妳怎麼回答？」

「我說你有考慮。」

「這樣啊，結果那個老太婆說什麼？」

「她問了關於你工作的情況。」

「工作？」

「她問你是不是真的有在工作，最近做了哪些工作……」

「妳怎麼回答？」

園香沉默不語，因為她剛才沒有回答任何話，現在當然也無法說出任何回答。

啪。一陣強大的衝擊。當她回過神時，發現自己倒在地上。因為右側臉頰又燙又僵硬，她知道自己被打了。之後才感覺到疼痛。

「妳為什麼無法回答？為什麼不明白告訴她，我在做很多工作？我不是在做事嗎？今天也出去和人談事情，但妳為什麼沒說？喂，為什麼？」

上辻抓住園香的肩膀，用力搖晃著。園香的脖子用力搖晃，她快吐了。

「不知道……」她勉強擠出這個回答。

「不知道？不知道什麼？」

「連我自己也不知道，為什麼沒有好好回答，但是我必須好好回答，對不對？對不起。」

園香的淚水順著臉頰流了下來。雖然她腦袋深處納悶自己為什麼要哭，但她不願去想這個問題。

上辻目不轉睛注視著園香的臉後，用力抱緊了她的身體。

「妳要記住一件事，對我來說，守護我們的生活是最重要的事，我隨時都在思考該如何守護我們的生活。這個世界上沒有人比我更關心我們的生活，全天下都沒有這樣的人，所以除了我以外，不要相信任何人。」

「我知道了，謝謝你。」

當時她完全沒有察覺到自己被打了巴掌之後，還感謝對方這件事有多麼異常。

那天之後，有一件事發生了改變。

上辻之前也會干涉園香的行動，但那天之後，這種干涉變得更加嚴重。他嚴禁園香除了上班以外擅自外出，即使經過他的同意外出時，也不准她未經同意，做任何沒有事先報備的事。

上辻討厭園香和其他人見面，就連和高中時代的好朋友岡谷真紀見面時，也會頻繁傳訊息問她什麼時候回來。當園香回到家後，會苦苦逼問和岡谷真紀聊了什麼，甚至會問她，和以前的朋友見面到底有什麼樂趣。園香回答說，可以轉換心情，他就生氣地打她，質問她難道和自己在一起感到喘不過氣嗎？他對園香的束縛變本加厲，也越來越頻繁對她動粗。

雖然無論怎麼想，這種情況都不尋常，但園香解釋為這代表上辻很愛自己。她至今仍然分不清這到底是錯覺，還是只是這麼說給自己聽。

聽到身後傳來「呼」的聲音，園香回過神來。她回頭一看，發現奈江拖著大行李箱從隔壁房間走了出來。

「妳要去哪裡嗎？」園香問。

奈江點了點頭說：「要換地方。」

「換地方？」

「就是要離開這裡的意思。園香，妳也趕快收拾行李，我們一個小時內要出發。」

奈江說話的語氣很平靜，但園香知道，這是避免自己緊張。

園香拿起遙控器關了電視。她完全不知道接下來的情況，但是她已經決定了，什麼都不要想，按照奈江說的去做就好，只要默默追隨她就好——

13

液晶螢幕上出現了一棟淺棕色的建築物，比十層樓的房子更高，而且也更寬，比草薙想像中更大。

「喔，沒想到這麼新，屋齡有幾年了？」管理官間宮問。他正坐在草薙的斜後方。

草薙把頭轉向右側，叫了一聲：「內海。」

「三十一年。」內海薰在操作手機的同時回答，「但在十六年前曾經大規模整修，外牆也重新拉過皮。」

「這樣啊，但看起來很豪華。」間宮驚訝地問。

「那是泡沫經濟時代建造的，各種設備應該也很齊全吧？」草薙再度問薰。

「有溫泉、健身房和游泳池，聽說以前還有餐廳。」

「簡直就像是飯店了，管理費是多少？」間宮似乎很在意這些細節問題。

「每個月五萬圓。」

草薙聽了內海薰的回答，和間宮互看了一眼，聳了聳肩。他認為果然是泡沫經濟時代留下的遺產，即使資產價值持續減少，管理的費用仍然不減。

他看了手錶。即將下午三點。

「管理官，可以下達指示了嗎？」

「好，交給你了。」

草薙把臉湊到旁邊的麥克風前問：「岸谷，可以聽到嗎？」

「可以聽到。」隱藏在螢幕中的擴音器傳來了聲音。

「我們可以看到影像，你們進去吧，攝影機持續拍攝。」

「好，那我們進去了。」

草薙將視線移向螢幕，螢幕上出現了岸谷走向那棟建築的背影。目前由年輕刑警拿著攝影機在拍攝。另外還有兩名偵查員同行。平時通常會派更多人手，但這次的對象是兩個女人，而且其中一人是老婦人，應該不必擔心她們會抵抗。

岸谷等人目前正在新潟縣的湯澤町，前往離上越新幹線越後湯澤車站走路幾分鐘就可抵達的高級度假公寓。因為草薙認為島內園香和松永奈江就躲藏在那裡。

昨天下午接到內海薰報告的線索後，草薙立刻命令下屬調查松永夫婦以前經常住的度假公寓。內海薰提供了線索，那是松永奈江已經去世的丈夫松永吾朗以前滑雪社的朋友名下的公寓，於是立刻調查了松永吾朗的經歷，得知了他當年就讀的大學，拿到了滑雪社的畢業生名冊，詢問了和松永吾朗年紀相仿的所有人。詢問的內容很簡單，就是問對方是否有度假公寓，如果有的話，目前的狀況如何？是否租給別人。他們當然沒有提及案件，而是說了其他理由。

今天上午，終於找到了那個人。他在東京都內一家公司擔任董事，有一棟位在湯澤町的度假公寓，以前也曾經借給松永夫婦，而且因為覺得鑰匙拿來拿去很麻煩，所以就把備用鑰匙放在他們那裡，「你們想去的時候，隨時可以去住。」聽向他瞭解情況的偵查員說，他已屆高齡，腰腿不俐落，早就不再滑雪，也不打算去住那裡，一直想要出售，只不過價格持續下滑，而且乏人問津，所以房子就一直丟在那裡。

草薙聽到報告之後，確信這次猜中了，於是指示偵查員向那名男子借了鑰匙，並獲得屋主的同意，可以進入屋內察看。偵查員對那名男子說，「松永奈江女士可能被捲入了犯罪，可能使用了湯澤的那棟公寓」，然後拿到了鑰匙。兩個小時前，岸谷等人拿著鑰匙，離開了特搜總部。

終於可以走出隧道了——草薙注視著螢幕，內心因為充滿期待而激動不已。他確信只要抓到那兩個人，這起案件就可以落幕，所以也通知了管理官間宮，提議一起確認岸谷等人前往度假公寓的影像。

岸谷等人來到公寓的公共玄關，看到了自動門門禁系統的面板。

「股長，」岸谷小聲叫了一聲，「不用按對講機嗎？」

「當然，用鑰匙直接進去。」

「管理員在那裡，也不需要知會他吧？」

「不需要，但不要引起他的懷疑。」

「我知道。」

岸谷戴著附麥克風的耳機，正用智慧型手機講電話。現在用手機比使用耳機麥克風自然多了。

岸谷等人打開了公共玄關的門走了進去。草薙倒吸了一口氣，好戲終於要上場了。

這時，內海薰從旁邊伸手過來，把紙杯放在他面前。紙杯飄出了咖啡的香氣。

「股長，你在抖腳……」

「喔，這樣啊。」草薙拍了一下右腿。他一緊張就忍不住抖腳，平時經常對下屬說，只要看到他抖腳，就要提醒他。

他拿起紙杯，看著螢幕，喝著咖啡。

岸谷等人走過大廳。中央有一個小型噴水池，牆上掛著裝在畫框內的大幅畫作，但噴水池內並沒有噴水。

他們到了電梯廳，等一下要去的房間位在九樓。岸谷走進電梯後，按了九樓的按鍵。

影像暫時中斷。可能訊號斷了。

「沒有看到任何住戶。」內海薰在一旁嘟囔。

「是啊。」草薙回答。內海薰說得沒錯，除了岸谷一行人以外，沿途沒有拍到任何人。因為目前既不是避暑的季節，也不是滑雪的季節，這也是理所當然的事。

影像恢復了。岸谷等人走出了電梯，正走在走廊上。隔著鏡頭可以發現，沉穩色調的地毯並不是便宜貨。

岸谷等人停下了腳步。螢幕上出現了一道深棕色的門。雖然顯示了房號，但並沒有掛名牌。

「我們到了。」岸谷低聲說道。

「我知道，你按一下門鈴。」

「那我就按門鈴了。」

螢幕中的岸谷按了對講機的門鈴，隱約聽到了門鈴的聲音。

草薙探出身體。對講機的擴音器會傳出應答的聲音嗎？還是會有人開門？她們一定隔著門上的貓眼看到了岸谷等人，但這並不是問題。因為那裡是九樓，不必擔心她們從窗戶逃走。

「沒有人應答。」岸谷說，「我再按一次。」

「嗯。」

岸谷的手指再度按了門鈴。

但是結果相同。既沒有人回應，門也沒有打開。

岸谷拿下耳機，把耳朵貼在門上。持續這個動作片刻後，離開了門，再次戴上了耳機。

「有沒有聽到什麼動靜？」草薙問。

「沒有，屋內也沒有人的動靜。」

她們出門了嗎？無論她們去哪裡，遲早會回來。雖然要埋伏在哪裡是一個問題，但眼前必須先確認。

「岸谷，你用鑰匙開門，進屋確認一下。」

「沒問題嗎？」

「沒問題，已經獲得屋主的許可了。」

螢幕上出現了岸谷打開門鎖的狀況。草薙喝了一口咖啡，努力克制激動的心情。

門打開了。岸谷等人脫了鞋子進屋。畢竟不能穿鞋子直接闖進去。

昏暗的室內亮起了燈光。他們似乎打開了門。雖然目前是白天，但遮光窗簾遮住了光。

螢幕上出現放了沙發和茶几的房間，後方放著餐桌。

草薙立刻打量整個房間，尋找顯示有人住在這裡的東西，但在螢幕所顯示的範圍內，沒有看到任何東西。

「其他房間呢？」

「正要去察看。」岸谷在回答的同時打開了通往隔壁房間的門。

那裡有兩張大床，兩張床都整理得很乾淨，還蓋上了床罩。

斜後方傳來間宮的低吟聲。「草薙，這是怎麼回事？」

草薙把嘴巴靠近麥克風。「徹底調查一下有沒有皮包或是衣服之類的東西。」他察覺到自己的語氣很急躁。

岸谷打開了壁櫥。那裡有一個附有抽屜的小架子，也打開看了一下。

「沒有任何東西。」

「垃圾桶呢？」

岸谷拿起放在旁邊的垃圾桶，默默出示在鏡頭前。裡面是空的。

「去檢查一下盥洗室和浴室。」

「是。」

岸谷回答後，在室內移動。他來到走廊上，打開了盥洗室的燈。後方是浴室。岸谷也打開了那裡的門。

「地面的情況如何？地上濕嗎？」草薙問。

「地面很乾，但浴室有乾燥機，只要兩個小時，就可以讓浴室內乾燥。」岸谷在說話的同時蹲了下來。他似乎在檢查排水孔。「沒有殘留物，連一根頭髮也沒有。」

草薙咂著嘴，踢著地面。難道認為島內園香她們躲藏在這裡的推測完全錯了嗎？

「主任。」這時，擴音器中傳來有人叫岸谷的聲音。一名偵查員沿著走廊走了過來，把什麼東西交給了岸谷。

「怎麼了？」草薙問。

岸谷把手上的東西舉到了鏡頭前。那是一張透明的塑膠紙。「這應該是三明治的包裝紙，上面貼了寫了賞味期限的貼紙。」

草薙探出身體問：「日期是什麼時候？」

「今天凌晨兩點。」

液晶螢幕上出現了自動門門禁系統的公共玄關。從後方出現的兩個女人經過玄關後走了出去。兩個人都戴著帽子，而且還戴上了口罩，無法看清楚長相。但仍然有無法隱瞞的東西，那就是她們的行李。其中一個女人拖著大行李箱，另一個女人拎著旅行袋。

「停在那裡。」

內海薰聽到草薙的指示，按下了停止鍵。

他們正在看度假公寓監視器所拍到的影像。剛才向岸谷指示，找出松永奈江她們離開時的影像，岸谷回報說已經找到了，於是請他把影像傳了過來。日期和時間是昨天傍晚五點十分。

內海薰把列印出來的兩張圖片放在草薙面前。那是松永奈江所住公寓的監視器拍到的照片，圖片上分別是松永奈江和島內園香離開公寓時的樣子。

「行李箱和旅行袋都一樣。」內海薰語氣委婉地說。

草薙點了點頭，拿起手機打電話給岸谷。

「是我。監視器拍到的就是那兩個人。」

「我想也是。我剛才問了管理員，管理員說，最近不時會看到她們，只是不知道她們從什麼時候開始住在這裡，目前正在確認監視器的影像。」

應該就是她們離開東京的那一天。也許正因為有適合躲藏的理想地方，她們才決定逃走。

「有沒有調查公寓的垃圾場？」

「調查過了，但今天早上已經收走了。」

「這樣啊……」

那棟公寓二十四小時都可以丟垃圾。松永奈江她們離開之前清理了垃圾，也許並不是為了湮滅證據，而是借住在度假公寓的人自然的行為。

問題在於她們為什麼離開？以及到底去了哪裡？

「你們去越後湯澤車站，徹底清查監視器的影像，剛才已經向新潟縣警打過招呼了。」

「好的。」

草薙掛斷電話後嘆了一口氣，看向身旁，和一臉鬱悶的內海薰四目相對。

「妳似乎想要說什麼？」

女刑警露出了意味深長的眼神看了過來。

「股長，是你有什麼話想說吧？」

「什麼意思？」

「就是字面上的意思，如果不把內心的想法說出來，會對心理健康產生負面影響。」

「我把這句話原封不動還給妳，內海，這是上司的命令。如果妳想說什麼，就趕快說出來。」

內海薰微微皺起眉頭，似乎終於下定了決心，輕輕點頭後開了口。

「昨天中午之前，我才向你報告，松永夫婦之前頻繁借住在他們朋友的度假公寓內，我記得是十一點左右。」

「沒錯。」

「大約六個小時後，松永奈江女士和島內園香小姐就離開了度假公寓。我認為時機未免太巧了，不知道股長的意見如何？」

草薙抱著雙臂，打量周圍。周圍似乎並沒有人豎起耳朵在聽他們談話。

「妳認為有人向她們通風報信，說警方已經發現了度假公寓？」

「我認為這麼想很合理，比起她們其中一人認為警方可能已經察覺了度假公寓，於是提出換地方的可能性更合理。」

「如果真的有這種事，能夠和她們聯絡的人相當有限。」

內海薰緩緩搖頭說：

「非但相當有限，而且只有一個人，股長，你應該也知道那個人是誰。」

草薙看著眼前這位女刑警眼中強烈的光芒，一時說不出話。正當他忍不住轉頭時，手機發出了來電鈴聲。他之前請一位下屬調查某一件事。

「我是草薙，怎麼了？」

「我把根岸秀美的照片拿給『海豚公寓』的住戶看了之後，找到一位女性，她說在一個月前曾經和根岸秀美說過話。這位女性是家庭主婦，住在島內園香住家的斜下方。」

草薙用力握住了手機問：「確定嗎？」

「應該沒有錯，那位主婦記得對方雖然有點年紀，但臉上的妝容很漂亮，還暗自感到佩服。」

這件事很有說服力。草薙點了點頭。

「她們是在怎樣的狀況下說話？又聊了些什麼？」

「那位主婦正準備出門買菜時被叫住，問她是否認識住在斜上方那個房間的情侶。主婦回答說，知道他們的長相，但從來沒有聊過天，因為那個男的似乎很粗暴，所以對他敬而遠之。對方問她，是怎麼粗暴？她回答說，她不是很清楚，但聽鄰居說，那個男人經常對女人動粗。」

「還有呢？」

「她們只聊了這些，雖然對方又問了不少問題，但那位主婦不想捲入麻煩事，於是就一再重複自己不太清楚，然後就離開了。」

「正確的日期是什麼時候？」

「那位主婦記不清楚了，只說在一個月前。」

「這樣啊……已經問了公寓的所有住戶嗎？」

「還有兩戶沒有問，目前他們不在家，所以我會在這裡再等一下。」

「好，那就拜託你了。」

草薙掛上電話後，把剛才的對話告訴了內海薰。

「和那件事一致，就是我在上野的花店問到的事。根岸秀美女士雖然去店裡找島內園香小姐，但園香小姐剛好休假，於是她就向店長打聽了園香小姐的近況——那也是在一個月前。」

「秀美媽媽桑嗎？看來不能對這件事置之不理，但這和松永奈江帶著島內園香逃亡到底有什麼關係？」

「那個問題怎麼處理？」內海薰問，「就是向松永女士通風報信的人。」

草薙用右手揉著左肩，轉動著脖子。關節發出了輕微的聲音。他覺得自己當上股長之後，肩膀痠痛的情況更加嚴重了。

「事到如今，那就來個一石二鳥之計？」草薙說完，拿起手機，但在碰觸手機螢幕之前，看向內海薰說：「妳去上野的花店，想請妳去確認一件事。」

14

按了電梯的按鍵後回頭一看，發現湯川滿臉好奇地打量著電梯牆上的招牌。

「你似乎很懷念。」

「我正在回想，已經有幾年沒來這種地方了。我忘了什麼時候，你不是曾經約我去了一家奇怪的酒店嗎？那家酒店有一個小姐有透視的超能力，應該是那次之後，我就沒踏進過酒店。」

「有透視能力的小姐嗎？好像有這麼一回事。」

那已經是多年前的事了，草薙想不起湯川怎麼破解了透視的機關，也忘了是怎樣的機關。

但他記得那個酒店小姐遭到殺害，湯川的解謎協助破案。不僅是那一次，這位物理學家的老朋友曾經幫了自己無數次。

來到十樓，一走出電梯，旁邊就傳來很有精神的招呼聲：「歡迎光臨。」

酒店少爺火速跑了過來。

「草薙先生，感謝你再次造訪。」少爺恭敬地打招呼後，瞥了草薙身後一眼。

「今天我帶朋友一起來，盡可能為我們安排角落的座位。我想找秀美媽媽桑，在此之前，不用安排小姐坐檯。」

「瞭解了。秀美媽媽桑這一陣子每天都會來店裡，她應該很快就到了。」

「那就太好了。」

少爺帶他們來到最深處的座位，可以看到整家店內的情況。通常都是為熟客預留的特等座位，但現在時間還早，而且少爺應該猜想草薙辦完事就會馬上離開。

年輕的少爺拿了草薙的酒走了過來。

「給我烏龍茶。」

「好的。」少爺聽了草薙的要求後回答。

「你不喝嗎？」湯川問他。

「今天就忍耐一下，因為等一下可能會回總部。你儘管喝，不必管我。」

「我當然會這麼做。」

湯川點了蘇打水兌酒。

「偵查的進度如何？」少爺離開後，湯川拿起平底大玻璃杯問。

「雖然不能說順利，但漸漸可以看到隧道的出口了，只是還很模糊。」

「松永奈江女士仍然嫌疑重大嗎？」

「並沒有減輕。她和島內園香失去了音訊，也沒有和任何人聯絡，認為她和這起事件毫無關係反而很不自然。」

「我並不反對你的這個意見。」

「那真是太好了。」

「但是，你忘了一件重要的事，那就是如果她們是兇手，逃亡或是躲藏並沒有任何意義。她們的資金遲早會見底，難道她們打算持續逃亡，直到餓死為止嗎？」

「這應該不可能，我相信她們一定有某些想法。」

「怎樣的想法？」

「那就不得而知了，但是，我認為不排除有這樣的可能，那就是她們並不是只憑自己的想法在行動，也許有人在幕後操控。」草薙說完，目不轉睛地注視著湯川的眼睛。

但是，湯川戴著金框眼鏡的雙眼發出的眼神，沒有絲毫的動搖。

「這樣啊，那真令人好奇。你這麼想的理由是什麼？」

「這是偵查上的秘密，即使是你，也不方便透露。」

「是嗎？那也沒辦法。」

湯川看向草薙後方。草薙回頭一看，發現一身和服的根岸秀美正走向這裡。

「草薙先生，你真的又來了，太感動了。」

秀美在他們對面的座位坐了下來。

「能夠以工作為藉口來高級酒店，當然不能放過這樣的機會。媽媽桑，我向妳介紹，這位是湯川，是我大學時代的朋友。」

「是嗎？草薙先生一直都很照顧本店。」秀美把手上的名片遞到湯川面前。

「妳可別小看他，他是帝都大學的教授。」

「啊喲，有機會近距離接觸這麼了不起的人，真是太榮幸了。」秀美微微站了起來，把臉湊向草薙問：「湯川教授喜歡哪一種類型的女生？」

「當然是美女，請為他安排一個年輕漂亮的小姐。」

「好。」

秀美叫住了剛好路過的少爺，小聲交代了幾句。草薙看向身旁，發現湯川把頭轉向一旁。他可能假裝沒有聽到自己和秀美的對話。

不一會兒，一個身材高挑，穿著乳白色禮服的女人走了過來。向他們打招呼後，在湯川身旁坐了下來。她很漂亮，湯川應該不會感到不滿。

「草薙先生，要不要為你安排小姐？雖然你剛才說，是以工作為藉口。」

「不，我現在還不用，有一件事想要向妳確認一下。不是別的事，還是關於島內園香小姐。我知道自己好像很糾纏不清，但還是麻煩妳再回答我。」

「沒關係，你要問什麼事？」

「妳上次說，最近完全沒有和她聯絡，請妳再仔細想一想，真的是這樣嗎？妳沒有打電話給她，或是去花店找她嗎？」

秀美歪著頭想了一下後，點了點頭說：

「喔，我忘了，你這麼一說，我想起上個月去了上野的花店。因為我想去看看園香最近好不好，結果聽說她感冒了，那天剛好請假，所以沒見到她。」

「妳上次不是說，妳向來不做遭人拒絕還死纏爛打這種丟人現眼的事嗎？」

「我當然沒有這種打算，只是心血來潮去看一下。」

「但妳向店裡的人打聽了很多關於園香小姐的情況，像是她的上班時間，還有工作忙不忙。」

「那只是閒聊而已，並沒有任何特別的意思。上次應該告訴你這件事，但我完全忘了。你為了確認這件事，今天又特地來一趟？雖然對店裡的生意很有貢獻，但顯然你白跑了。」

「沒這回事。我剛才不是說了嗎？工作只是藉口。」

「那就好。」

「我還想請教另一個問題，就是妳和島內園香小姐見面時的事。妳上次說，因為妳朋友要舉辦香頌的現場演唱會，妳請她幫忙選花。」

「是啊，我的確這麼說，有什麼問題嗎？」

「是在哪一家 Live house 舉行的演唱會？」

「你是問我店名嗎？嗯……」根岸秀美看向斜上方，「不好意思，我不記得了。」

「地點在哪裡？銀座嗎？」

「不，」根岸秀美歪著頭說：「我記得並不是銀座，啊喲，到底是哪裡呢？」

「怎麼了？妳連自己去過的地方都忘記了嗎？」

「我是不是終於失智了？其實不是這樣，不瞞你說，我並沒有去。」

「妳沒有去？這是怎麼回事？」

「雖然我受到邀請，但因為沒有空，所以只送了花而已。」

「原來是這樣，可以請妳告訴我，那位朋友叫什麼名字嗎？」

「名字嗎？嗯，我記得她姓……內田，不，是內山……不對，應該是內田，至於名字，有點想不起來了。雖然我說是朋友，但其實並不熟，只是在議員的派對時，剛好和她坐在同一桌。」

「妳沒有她的名片嗎？」

「這裡沒有，回家找一下的話，或許可以找到。」

「那可以麻煩妳找一下嗎？如果找到了，麻煩妳聯絡我。」草薙遞上了寫有手機號碼的名片。

「我瞭解了。」根岸秀美接過名片，放進了皮包。

「請問這是怎麼回事？當時的演唱會有什麼問題嗎？」

「並不是有什麼問題，簡單地說，警察也是公家機關，任何小事都要詳細寫報告。」

「這樣啊，那真是辛苦了。」根岸秀美雙手放在腿上，鞠了一躬。

「你們聊完了嗎？」湯川插嘴問。

「暫時聊完了。」

「那我可以請教媽媽桑一個問題嗎？」

「當然可以，」秀美回答說：「請問是什麼問題？」

「關於店名的問題，請問『VOWM』是什麼意思？我查了字典，也完全查不到，不是英文嗎？」

「喔，」根岸秀美笑著點了點頭，從皮包裡拿出自己的名片和原子筆，「經常有客人問這個問題。在開這家店時，我發誓一定要成功，發誓的英文就是這樣。」

她在名片的空白處寫下了「make a vow」這行字。

「我在『vow』的後面加上了『make』的『m』，就成為『VOWM』。」

伸長脖子，低頭看著名片的湯川連續點了好幾次頭。

「原來是這樣，但我也同時感到意外。」

「為什麼？」

「因為我沒來由地覺得是日文的縮寫，所以想了很多漢字。」

「這樣啊，但並不是這樣，不好意思，很抱歉，讓你失望了。」

「你為什麼會以為是日文？」草薙問。

「我不是說了，只是沒來由覺得是這樣，並沒有特別的理由。你不必放在心上。」

湯川輕輕搖手，拿起了酒杯。草薙看著朋友喝著蘇打水兌波本酒的側臉，忍不住思考起來。這位物理學家問這件事不可能沒有任何意義。

「既然工作已經結束了，那就找小姐來陪你們，今晚好好享受。」

「嗯，就這麼辦。」

草薙說完這句話，有一隻手拍了拍他的肩膀。是湯川。

「雖然難得來這裡，但我先告辭。今天很開心，謝謝。」

「你在說什麼？現在才要開始開心，你不必在意我。不是我吹牛，即使喝烏龍茶，我也可以玩得很開心。」

「我已經很開心了，而且也不是在意你。我想起了重要的事——媽媽桑，很期待很快可以再見到妳。」湯川說完，從上衣內側口袋裡拿出一張名片。

根岸秀美雙手接過名片。

「真是太遺憾了，請你下次務必再次光臨。」

「既然你要走了，那我也沒理由留下。」草薙一口喝完了杯子裡的烏龍茶，「媽媽桑，帳單就按照往常的方式處理。」

根岸秀美和上次一樣，送他們到一樓。草薙離開那棟大樓時，瞥了一眼馬路對面。站在小路上的一個身穿西裝的男人是偵查員。不用說，他負責監視根岸秀美。

轉過街角後，草薙停下了腳步。

「湯川，陪我一個小時。你說有重要的事是說謊吧？」

湯川露出一本正經的表情注視著草薙說：

「我並沒有說謊，等一下要回去橫須賀，肩負起協助照顧我媽的重要使命。」

草薙嘆了一口氣說：

「對喔，那三十分鐘就好。有一家咖啡很好喝的店，我請客。」

「不必了，各付各的就好。」

「你不想欠我人情嗎？好啊，沒問題。」

那家店位在外堀大道旁，懷舊氣氛是賣點，冰咖啡是店內的招牌商品。

「的確很好喝。」湯川沒有用吸管，喝了一口沒有加糖和牛奶的咖啡後說，「雖然是冰咖啡，但還能夠這麼濃醇和充滿香氣，真是太棒了。」

「對不對？我就知道你絕對會喜歡。」

湯川放下了銅製馬克杯，坐直了身體問：

「你要和我談什麼事？我有言在先，三十分鐘一到，即使你的話沒有說完，我也會拍屁股走人。」

「好，那我就單刀直入問你。你從什麼時候開始涉入這起案子？從一開始嗎？不，應該不可能吧？」

湯川挑起右側眉毛問：「你在問什麼？」

「你不要裝糊塗，既然只有三十分鐘，我不希望浪費時間和你相互試探。你是不是聯絡了松永奈江，指示她離開湯澤的度假公寓？」

湯川用指尖推了推眼鏡問：「你是基於什麼理由這麼想？」

「理由很簡單。今天下午，我派了偵查員前往度假公寓，已經人去樓空了。監視器拍到松永奈江和島內園香昨天傍晚離開了公寓，我們是在昨天中午，才掌握到松永夫妻經常住在吾朗先生以前滑雪社朋友的度假公寓這件事，內海打電話通知了我這件事，幾個小時後，松永奈江她們採取了行動，時機也未免太巧了，顯然有人向她們通風報信，這樣的想法不是很合理嗎？」

「那你有什麼根據認為我向她們通風報信？」

「除了你以外，沒有其他人。你和內海一起得知了度假飯店的事，而且你是有辦法聯絡到松永奈江的少數幾個人之一。」

湯川伸手拿起馬克杯，喝著咖啡。草薙認為他的沉默代表肯定的意思。

「那天離開你父母位在橫須賀的家時，我就感到不太對勁。因為你突然表現出合作的態度。雖然你認識松永奈江，但只是互通了幾次電子郵件而已，並沒有深入的關係，你卻前往島內園香的母親之前工作的育幼院，還去了松永奈江以前住的地方。你的目的到底是什麼？又對我隱瞞了什麼？」

湯川把馬克杯放在桌上，注視著草薙。

「我並沒有背叛你，也沒有妨礙你們的偵查工作。」

「開什麼玩笑！」草薙拍著桌子。

周圍的客人同時看了過來。草薙乾咳了一聲後，壓低聲音說：「你讓島內園香她們逃走了，竟然還敢這麼說。」

「島內園香小姐並不是兇手，她有不在場證明。而且不用說，松永奈江女士也不是兇手，你們追捕她們這件事本身就很荒謬。」

「既然這樣，她們為什麼逃走？」

「因為她們不想被警察抓。」

「啊？你知道自己在說什麼嗎？」

「現在換我發問，你認為島內園香小姐或是松永奈江女士是兇手嗎？不是吧？你懷疑的對象是『VOWM』的秀美媽媽桑？怎麼樣？我說錯了嗎？」

草薙皺起眉頭，用指尖抓了抓眉毛旁說：「我只能說她是很可疑的嫌犯。」

「你懷疑她的理由是什麼？」

「她在幾件事上說了謊。她和島內園香之間的關係並不像她說的那麼簡單，她說是請島內園香為她選花，送給舉辦香頌演唱會的朋友，但我請內海調查之後，那家花店這一年之內，都沒有送花去香頌的 Live house 的紀錄。」

「她剛才說，自己並沒有去那家 Live house，所以並不是她親自把花送去那裡。」

他剛才似乎聽到了草薙和秀美媽媽桑之間的談話。

「沒錯，而且她還隱瞞了其他事。她曾經去島內園香住的公寓，向左鄰右舍打聽島內園香的生活情況，很可能在那時候得知遭到上辻的家暴，只是我們目前並沒有決定性的證據可以證明她是兇手。」

「你是說動機嗎？」

「對，就是這樣。正如你對內海所說，有其他方法可以讓島內園香遠離家暴。好了，我已經回答了你的問題，接下來輪到你回答了。你到底在打什麼主意？」

湯川看向下方後，再次看著草薙說：

「我一定會回答你這個問題，但請你再等我一下。」

「事到如今，你怎麼可以說這種話？你應該還記得磁軌砲事件吧？我當時可以用妨礙執行公務的嫌疑逮捕你。」

湯川的嘴角露出笑容說：「所以你這次要這麼做嗎？」

「我是認真的。」

「我當然也是認真的。」湯川突然把雙手放在桌上，「我不會讓你等很久，給我一點時間，拜託了。」說完，他對著草薙鞠躬。

草薙大吃一驚，陷入了混亂。因為這是這位老友第一次對自己表現出這種態度。

「湯川，你……」

你到底在隱瞞什麼？草薙原本想這麼問，但沒有把話說出口。湯川不可能回答。於是他改口說：

「你把頭抬起來，你剛才說的話沒騙我吧？你說並沒有妨礙我們的偵查工作。」

「我可以保證，而且也沒有背叛你。」

「好，」草薙點了點頭，「我相信你。」

湯川露出笑容，看著手錶說：

「不到三十分鐘就說完了。」他從懷裡拿出皮夾，把一千圓放在桌上說：

「今晚很開心。」說完，他站了起來。

草薙目送湯川走出咖啡店，拿出手機，撥打了手機上登記的號碼。對方是在這附近待命的下屬。電話立刻接通了，聽到了「喂」的回應。

「你人在哪裡？」

「就在你們剛才進去的那家咖啡廳對面。」

「湯川剛才走出去了。」

「我看到了，他正在走路。」

「跟蹤他，小心別跟丟了。」

「我知道。」

草薙掛上電話後，拿起了馬克杯。即使相信朋友，仍然必須完成身為警察的任務——

15

目送最後的客人走進電梯，電梯門關上後，秀美看著手錶。即將凌晨一點了，雖然酒店在半夜十二點打烊，但經常會拖延到這個時間。

她把後續的工作交給經理，在休息室迅速收拾後走出店裡。搭電梯的時候深呼吸了好幾次。她完全無法預測今晚接下來會發生什麼事。她並不期待會發生什麼好事，如果會發生什麼事，必定是壞事，或是預告會發生壞事，她只希望是自己有辦法應對的事。

走出大樓後，秀美邁開了步伐。已經過了凌晨一點，即使不必去計程車招呼站，也可以攔到空車，但因為她要去的地方距離很近，所以不好意思搭車。

那家店位在離中央大道不遠的地方。剛才在店裡的時候，已經用手機查了所在的地點，所以很快就找到了。那家店位在一棟小型大樓的地下一樓。

沿著狹窄的樓梯往下走，打開了門。店內光線昏暗，有座吧檯，一名酒保站在吧檯內。他用低沉的聲音向秀美打招呼：「歡迎光臨。」

秀美打量店內，發現約好見面的人坐在角落的一張小桌子旁。不，說約好見面並不恰當。

她走了過去，原本正在看手機的對方抬起了頭。

「讓你久等了。」秀美說。

「我原本還以為妳可能不會來這裡。」對她露出笑容的是幾個小時前，草薙向她介紹的大學教授湯川。

「拿到這麼意味深長的名片，怎麼可能不來？」秀美在對面的座位上坐了下來，從皮包中拿出名片放在桌子上。那是湯川的名片，但在空白處寫了以下的內容。

「打烊後，我在『十字弓酒吧』（銀座二丁目）等妳。」

服務生走了過來，問她要點什麼。

秀美看著湯川前面的飲料。細長形的杯子中裝了淡琥珀色的液體，小氣泡在杯子中跳舞。

「你喝的是什麼？」

「這個嗎？這個是雅柏威士忌兌蘇打水。」

「那我也喝一樣的。」

「好的。」服務生說完，轉身離開了。

秀美再度拿起了剛才的名片。

「你什麼時候準備了這張名片？應該不是在店裡的時候，因為你剛才並沒有時間寫這些。」

「妳的觀察完全正確，我是事先寫好的。如果妳有不同的回答，這張名片今晚就沒有用武之地了。」

「回答？請問是指哪件事？」

「當然就是關於店名的由來。如果妳的回答更有說服力，我今晚可能就不會找妳。」

「沒有說服力嗎？」

「發誓的英文是『make a vow』，到這裡為止沒有問題，但我無法接受妳對在『vow』的後面加『m』的說明，有一種牽強附會的感覺。」

「即使你這麼說，我也不知道該怎麼回答，我只能說那是我的靈感。」

秀美把名片放回了皮包。

服務生走了過來，把酒杯放在秀美面前。「那我就喝了。」秀美說完，喝了一口。煙燻的香氣從喉嚨傳向鼻腔。

「千葉有一家名叫『朝影園』的育幼院，妳應該知道吧？」

「朝影園……」秀美生硬地說了這三個字，然後歪著頭，「不清楚，我沒聽說過。」

「半年前，那家育幼院發生了一件奇妙的事。有一個人受警方的委託，向園方確認，官網上所使用有拍到人物的照片，是否徵求了當事人的同意。育幼院的人回答說，已經獲得了當事人的同意，調查員就指定了其中一張照片問，想要確認是否取得了照片上這個人的同意，要求立刻打電話給當事人。育幼院的人按照指示打了電話，然後將電話轉交給調查員。這件事本身就到此為止，但奇怪的是，警方並沒有進行這樣的調查，到底是怎麼回事呢？」

「你問我，我也……」秀美微微聳了聳肩。雖然她有自信，從她臉上的表情無法察覺她內心的慌亂，但內心還是無法平靜。「我完全不知道你在說什麼，請問你到底想表達什麼？」

「但妳聽了這件事，可能會稍微產生一點興趣。調查員指定的那張照片，正是島內園香小姐的照片，而且是她讀小學時的照片。」

「園香的照片？」她皺起眉頭，歪著頭問：「請問是怎麼回事？」

湯川拿起放在桌上的手機，操作幾下之後，把螢幕出示在秀美面前說：

「就是這張照片。」

秀美把臉湊了過去。雖然她已經看過這張照片無數次，但露出了好像第一次看到的驚訝表情。

「真的是園香，原來她從小就很可愛。」

「園香小姐的母親當時在那家育幼院工作，所以園香小姐去參加在那裡舉辦的聖誕晚會，這張照片就是當時拍攝的。」湯川把手機放回原來的位置，「所以，那個冒充受警方委託的調查員真正的目的是什麼？在整理這件事之後，發現調查員確實掌握了兩件事。第一，照片中的少女名叫島內園香，另一件事就是有了她的電話號碼。也就是說，如果認為那個人原本的目的就是要調查聖誕晚會照片上的那名少女的身分，似乎就很合理了。聽了整件事之後，我認為這種手法極其巧妙，而且育幼院的人至今仍然沒有產生絲毫的懷疑，所以調查員具備了不輸給演員的演技和膽量，普通的人有辦法做到嗎？

無論怎麼想，都不像是外行人能夠臨時想到這個方法。根據我的推理，那名調查員是行家，是根據委託人的要求，調查特定人物身分的專家，也就是所謂的私家偵探。」

「偵探？是喔，好像突然變得有趣起來，簡直就像是電視劇的情節。」

秀美擠出笑容，瞪大了眼睛，「在大學當老師，果然很擅長聊天。」

「既然是偵探，問題就在於受誰的委託。」湯川沒有理會她的挑釁，淡淡地繼續說了下去，「有一個人在育幼院的官方網站上看到了聖誕晚會的照片，想要知道其中一名少女的身分。那名可愛的少女年紀大約十歲左右，那個人到底是誰呢？」

「聽起來不像是普通人，」秀美說，「只有變態會想知道這種事。因為目前的世道很不太平，對年幼的女孩有興趣的男人，迷上了剛好在網路上看到的女孩，想方設法瞭解對方的身分也不足為奇。」

「這種想法很合理，但不符合這次的情況。因為仔細看照片後，就會發現聖誕樹上掛著顯示了年份的數字，只要看那個數字，就知道是十多年前的聖誕晚會。即使有戀童癖的男人愛上了照片中的少女，那名少女現在也已經長大成人了。委託偵探的人明知道那是以前的照片，仍然想瞭解少女的身分。這不像是變態會做的事，既然這樣，到底有什麼目的呢？」

「我完全猜不透。湯川教授，你為什麼和我談這件事呢？老實說，我有點，不，是相當困惑。」

湯川再度操作手機，把螢幕出示在秀美面前。他把園香的身影，不，是把她手上抱著的娃娃放大了。秀美察覺到自己的心跳一口氣加速。

「對那個委託人來說，拍那張照片的時間是十年前或是二十年前都不重要。因為人會隨著歲月改變，但娃娃不會改變。那個人注意到的不是少女，而是她手上抱著的娃娃。」

「那個娃娃怎麼了嗎？」秀美的表情僵硬，說話的聲音竟然有點顫抖。

「我去了『朝影園』，打聽了這個娃娃的事，得知那是園香小姐心愛的娃娃，每次去育幼院玩時，都會帶在身上。但那個娃娃原本並不是園香的，而是她媽媽轉送給她的。她的媽媽名叫千鶴子。千鶴子女士在『朝影園』長大，也就是孤兒。園香小姐在照片裡抱著的娃娃，是千鶴子女士以前愛不釋手的手工娃娃。委託偵探的人為什麼會注意那隻娃娃呢？根據我的推理，我認為那隻娃娃是委託人以前做的——」

秀美沒有回答，看著半空。

她覺得所有的聲音在剎那間消失了，好像世界停止了運轉。如果真的如此，不知道該有多好。她希望一切都永遠靜止不動。

但是眼前這位處事冷靜、觀察力透徹的學者並沒有罷休。

「在偵探去『朝影院』後不久，島內園香小姐的周圍發生了變化。有一個女人去找她。那個女人向草薙警部說，是想要僱用園香小姐在自己經營的酒店內當坐檯小姐，真的是這樣嗎？我認為是基於完全不同的理由。」

「是什麼理由？」秀美問。她認為應該確認一下眼前這個人到底識破了多少真相。

「她想知道園香小姐從誰的手上拿到那隻娃娃，也想知道娃娃原本的主人目前在哪裡——根岸媽媽桑，」湯川用溫柔的語氣叫了她一聲之後，指著手機螢幕說：「請妳老實告訴我，這個娃娃是妳做的嗎？」

秀美注視著湯川端正的臉龐，不可思議的是，她發現自己的心情很平靜。

「你為什麼會有這種想法？」

「因為名字。」

「名字？」

「『朝影園』的人告訴我，這個娃娃有名字。園香小姐以前曾經告訴他們，說這個娃娃有秘密的名字。只要把娃娃的衣服脫下，背上就寫著娃娃的名字。這就是那個娃娃的名字。」

湯川從懷裡拿出一張便條紙，放在秀美面前。

上面寫著「望夢」這兩個字。

「我不知道娃娃的性別，如果是男生，名字就可以唸成『No-zo-mu』，如果是女生，就可以唸成『No-zo-mi』。我猜想那應該是為即將出生的孩子所取的名字，後來似乎生下了女兒，但並沒有機會為她取這個名字。直到很多年後，在銀座開了一家酒店之後，才有機會用到這個名字，但既不是唸成『No-zo-mu』，也不是唸成『No-zo-mi』，而是以音讀的方式，唸成『Bou-mu』。」

「哈哈哈，」秀美發出了笑聲。真是太好笑了。她當然不是認為湯川的推理很滑稽，而是沒想到遇到聰明人，持續隱藏了數十年的秘密，就這樣輕易遭到破解，自己小心翼翼守著這個秘密太愚蠢了。

但是，她不可能承認。

「你的想像力太豐富了，很精采。」秀美拍著手，「但是，你說的這件事有什麼根據嗎？」

「如果妳要我出示證據，最快的方法就是做ＤＮＡ鑑定，如此一來，製作這個娃娃的人，和擁有這個娃娃的人，兩個人到底是毫無關係的人，還是外祖母和外孫女——只要是二等親之內，就可以鑑定出確實的結果。」

秀美用力深呼吸了一次後問：

「你為什麼想要讓這件事公諸於世？你會因此得到什麼好處嗎？」

「我也因為有一些私人的因素，希望草薙他們手上的這起案子可以迅速偵破，而且盡可能希望以穩妥的方式落幕，比方說，兇手主動向警方自首。」

秀美目不轉睛注視著湯川的眼睛問：

「你的意思是，我就是兇手？」

「我並沒有證據，警方目前也沒有掌握決定性的證據，但是草薙已經對妳產生了懷疑，也許明天之後，就會採取比較強硬的手段。比方說，以其他案子的名義拘捕妳，然後搜索家中，到時候就會要求妳出示手機的定位紀錄。」

秀美暗忖，即使搜索住家，也不會找到任何對自己不利的證據，而且她在三天前換了新的手機，不知道電信公司是否有定位紀錄的資訊，她記得好像聽說不同廠牌的手機情況似乎不一樣。

「而且，警方也已經盯上了我。」

「盯上你？」

湯川喝了一口威士忌蘇打，把杯子放回桌上的同時，把臉湊了過來。

「有一個男人坐在這家店的吧檯角落，他在我走進這家店的幾分鐘後跟著進來，八成是刑警，正在跟蹤我。順便告訴妳，妳也遭到了監視，有刑警守在外面。」

秀美也拿起了酒杯。因為緊張的關係，她感到口乾舌燥。

「姑且不說我，警察為什麼要跟蹤你？」

湯川推了推眼鏡，露出了笑容。

「因為他們認為我掌握了解決這起案子的王牌。」

「什麼王牌？」

「就是我有方法和島內園香小姐聯絡。」

秀美大吃一驚，差點把酒杯推倒。

「你為什麼可以聯絡到園香？」

湯川搖了搖頭說：

「我和島內小姐沒有任何關係，也從來沒見過她，只是認識和島內小姐在一起的女性。」

果然有這樣的人。秀美終於瞭解了情況。因為她不認為園香會一個人逃亡，但是——

「那個人是誰？」

「看來妳並不知道。」

「我不知道。」

「既然這樣，顯然和妳沒有關係，所以也沒必要說，但是我可以告訴妳，是很值得信賴的人。眼前的問題是，我無法一直對草薙隱藏這張王牌，遲早必須告訴他，但我希望能夠在此之前偵破這起案子，而且是以穩妥的方式落幕。」

湯川說了兩次「以穩妥的方式落幕」，顯然他想強調這一點。

「島內園香小姐應該也有相同的想法，」湯川繼續說道，「她之所以消聲匿跡，就是因為不想被警方找到，因為她不願意由她說出事實真相，她希望兇手能夠向警方自首。」

秀美嘆了一口氣。她知道放棄的念頭在內心迅速膨脹，然後想起一開始就知道，根本不可能瞞天過海。

「即使在警方展開強制搜索後，或是在偵訊時坦承犯罪，也不算是自首。如果妳在警方對妳有任何具體行動之前坦承犯案，很有可能被認定是自首。我只是想告訴妳，如果妳要採取行動，那就越快越好。」

秀美放鬆了臉上的表情，打量著眼前這位學者的臉。「謝謝你這麼親切的建議。」

「很希望妳可以下定決心。」

秀美露出了嚴肅的表情說：

「讓我稍微考慮一下，另外，我也想拜託你一件事。」

「什麼事？」

「如果你剛才說，有辦法和她取得聯絡這件事屬實，我想和園香說說話。」

湯川露出嚴肅的眼神，隨即緩緩點頭說：

「我會和那個同行者聯絡，請島內小姐打電話給妳，但我無法保證島內小姐的行動。」

「沒問題，剛才給你的名片上有我的電話。」

湯川從內側口袋中拿出名片。

「雖然我剛才說，『VOWM』的由來聽起來很牽強，但我對妳想到『make a vow』的巧妙構思深感佩服。」

「並不只是牽強附會，因為我在開這家店時，的確曾經發誓，一定要成功。」

「我想也是，因為在這個行業，如果缺乏這樣的決心就無法生存。」

「沒錯。」

湯川喝完了威士忌蘇打後，收起名片，拿出皮夾。

「今天讓我請客，」秀美說，「我還想再坐一下，因為下次不知道什麼時候還能來這種地方。」

湯川停下了手，雙眼看著下方沉思了一下，然後點了點頭說：「好，那我就不客氣了。」

「今晚……該怎麼說，很有意義。晚安。」

「晚安。」湯川站了起來。

秀美用眼角目送著湯川離去。不一會兒，坐在吧檯角落的男人也站了起來。他似乎已經結了帳，快步走了出去。看來的確在跟蹤湯川。

秀美拿起酒杯，同時看著杯墊。杯墊上畫著弓和箭的圖案，但應該是十字弓。這也是這家酒吧的店名，可能是老闆的興趣。

她是在弘司工作的那家酒吧第一次看到紙杯墊，但她並沒有用過。因為每次都是在白天和弘司見面，那時候酒吧還沒有開始營業。

弘司——矢野弘司。她想起了弘司高大的背影和修長的手腳。

他是秀美放在「朝影園」門口的嬰兒，原本打算取名為「望夢」，唸「No-zo-mi的」那個孩子的父親。

16

雖然秀美放棄了女兒，付出了犧牲，但前途仍然黯淡無光。即使回到東京後，仍然前途茫茫。她陷入了窮困，連房租也付不起，管理員要求她搬家。管理員應該對嬰兒消失這件事感到可疑，但完全沒有問，可能不想被捲入麻煩。

就在這時，弘司以前任職的酒吧媽媽桑來找她。雖然她之前曾經見過媽媽桑幾次，但從來沒有好好聊過。在弘司死後，舉行簡單的葬禮時，才稍微聊了幾句。

媽媽桑說，她很關心嬰兒的情況。

「妳之前不是懷孕了嗎？我很擔心妳之後怎麼樣，孩子應該生下來了吧？」

秀美謊稱自己生下女兒後，因為無法獨立照顧，所以送回娘家了。媽媽桑說：「喔，是這樣啊。」但不知道她是否真的相信。

「妳有在工作嗎？」

「沒有……」

「這樣啊。」

媽媽桑注視著秀美，似乎在評估她，然後從皮包裡拿出一張名片。

「妳想不想去這裡上班？」

秀美接過名片，發現上面印了新宿的店名，看起來似乎是酒店。

「那是我朋友開的店，問我有沒有不錯的小姐。妳想不想去那裡？」

媽媽桑意想不到的提議讓秀美有點不知所措。她從來沒想過要去酒店上班。弘司可能因為自己在夜店上班，所以不讓秀美接觸夜晚的世界，要求她絕對不能在營業時間內去酒吧，他說喝醉酒的客人會灌她喝酒。

但是，弘司已經不在了，現在不能挑三揀四。她幾乎沒什麼猶豫，就回答說，她願意試一試。

三天後，她開始在那家酒店上班。夜晚的世界比她想像中更華麗妖豔，也充滿能量，但同時又殘酷無情，是生存競爭激烈的空間。客人和小姐相互品評，巧妙地搶奪獵物。秀美去酒店上班的第二個星期，就被兩名前輩小姐各甩了一巴掌。她完全不知道自己做錯了什麼，但還是一個勁地道歉。而且這段期間，也被客人觸碰了無數次身體，在電梯內遭到強吻更是家常便飯。

雖然很痛苦，但她無法逃離。她必須為了生存而忍耐。

不久之後，她漸漸學會在這個魔窟內保護自己的生存之道。她學會了喝酒，也學會了如何和男人周旋，也不再排斥為了工作和客人上床。好幾個媽媽桑都說她很適合當酒店小姐。

歲月如梭，在她二十七歲時，第一次有人包養她。對方是早就年過花甲的住持，是一個既狡猾，又體貼溫柔的人，和他在一起很開心，也很刺激。住持出手闊綽，每個月給她數十萬圓零用錢，也讓她住在高級公寓內，他們還曾經一起出國旅行。

雖然住持曾經對她說，如果有孩子，可以生下來，但她並沒有懷孕。住持和他太太之間也沒有生孩子，可能是住持有問題。

每次思考這件事，秀美就會想起自己的女兒。不，應該說，女兒的事始終留在她腦海深處。不知道女兒現在怎麼樣了，不知道她有沒有順利長大，是否過得幸福。她曾經不止一次想去那家育幼院瞭解情況，但每次都打消了念頭。即使女兒還在那裡，事到如今，自己也沒臉見她，更沒有資格見她。

她和住持之間的關係一直維持到對方在七十二歲時，因為腦梗塞病倒之前。一個自稱是住持代理的男人上門，要求她在一個月內收拾行李搬家，臨走時，留下一個裝了一千萬圓的信封。當時正值泡沫經濟時期，她並沒有太驚訝。

住持病倒的不久之前，她在住持的援助下，在銀座開了一家小型酒店。雖然店很小，只有五、六名小姐，但經營很穩定。當住持問她店名「VOWM」的由來時，她說了「make a vow」的事。很不錯，住持表示贊成。之後，從來沒有人對店名的由來產生懷疑。

住持之後，她也曾經和幾個男人交往，但對方都是有家室的男人，從來沒有人向她求婚。最後一個男人和黑道有往來，雖然從來沒有聽他詳細談論過自己的工作，但有一次他不小心透露自己在做進口寵物的生意。秀美猜想他在做走私生意。

土製手槍就是那個男人留下的。當時他說用來護身，和普通的手槍外形完全不一樣，每開一次槍，都要裝子彈。

秀美曾經陪他去試槍。在奧多摩的山上，秀美也對著樹木開了一槍，沒想到後座力很強，她整個身體都向後彈。男人大笑起來。

男人把土製手槍留在秀美家中，用油紙包起來細心保管，還教了秀美拆解和保養的方法。

「要保持隨時能夠使用的狀況。」

雖然他這麼交代秀美，但據秀美所知，他從來沒有用過那把槍。

那個男人也離開了她，在不知不覺中失去了音訊。手槍和子彈仍然保管在秘密的地方。

幾十年的歲月在轉眼之間過去了。

她六十歲生日後不久，發現了乳癌。她覺得應該不會再有男人看或是摸自己的身體，於是選擇了切除，但每次看到醜陋的傷痕，仍然感到心痛。無論過了幾個月、幾年，她仍然無法脫光衣服站在鏡子前。

無法排除復發的可能性，也讓她心情鬱悶。每次回診定期檢查，她都會想到最壞的結果，心情憂鬱。

在六十五、六歲之後，她把酒店交給了值得信賴的工作人員經營，很少再出現在客人面前。託曾經包養她的住持和其他男人的福，酒店的規模越來越大，她經營副業也很成功，也有了相當的存款。她覺得自己隨時都可以退休，雖然沒有一天不意識到死亡這件事，但她每次都告訴自己，對人生已經沒有任何遺憾了。

然而，每次這麼想的時候，都有一件事卡在心頭。那就是將近五十年前丟棄的嬰兒。

學會上網之後，她不時會去某個網站。那就是她當年丟棄女兒的「朝影園」的官網。雖然網站並沒有頻繁更新，但在每次舉辦活動之後，就會上傳照片。看到照片上的孩子歡快的笑容，想像自己的女兒不知道如何長大，不知道現在成為怎樣的大人，成為她的樂趣之一。雖然每次都會感到自責。

有一次，官網上的一張照片吸引了她的目光。照片上是一名小學高年級的少女，但看到少女手上抱著的東西，她忍不住倒吸了一口氣。

是那個娃娃。穿著藍色和粉紅色條紋毛衣的長頭髮娃娃——絕對沒錯。因為那是自己親手製作的，當然不可能忘記。

那是多年前聖誕晚會的照片，顯示的日期距今已經有十多年。也就是說，照片中的少女目前已經二十多歲了。

她感到心慌意亂。這名少女到底是誰？為什麼會有那隻娃娃？然而，即使她去向育幼院打聽，也不可能問到答案，只會遭到懷疑。

她坐立難安，在煩惱之後，決定找專家解決這個問題。她去了徵信社請教這件事。

「妳只要調查這個女孩的身世嗎？除了姓名和目前的住址以外，妳還想知道什麼？」接待她的男性看著電腦上「朝影園」的官網問她。

「如果可以，我想知道她目前的生活情況……最好能夠瞭解她的身世和家人……」

「這張照片是很久之前拍的，妳說是最近才出現在網站上，妳沒有記錯嗎？」

「我沒有記錯，至少上個月還沒有這張照片。」

「原來是這樣，果真如此的話，或許有辦法搞定。」

「請問是什麼意思？」

「把人物照放在這種官網上，必須徵求當事人的同意。如果是最近才放在官網上，就代表最近徵求過當事人的同意，一定留下了某些紀錄，只要請育幼院出示紀錄就解決了。」

「他們願意出示嗎？」

「照理說不可能，但我們的工作就是完成這種不可能的任務。別擔心，我們這裡有各方面的人才。」接待窗口似乎很有自信。

兩週之後，就有了結果。交給秀美的報告書上寫著「調查對象姓名：島內園香」，住在足立區。她目前二十三歲，在花店上班。五年前住在千葉，她的母親當時在「朝影園」工作，園香並不是在育幼院長大的孩子，她只是參加聖誕晚會，剛好被拍了這張照片。

她的母親在一年前生病去世，但不知道詳細的死因。她母親的經歷很值得注意，因為她母親在「朝影園」長大，而且沒有結過婚，所以是單親媽媽。母親的名字叫島內千鶴子，如果還活著，今年四十八歲。

秀美無法克制身體的顫抖。因為根據她拋棄女兒的日子計算，年紀完全相符。

園香目前和名叫上辻亮太的男人一起住在足立區的公寓，但沒有關於那個男人的詳細情報。

那天之後，秀美滿腦子都想著一件事，那就是島內千鶴子會不會就是自己當時丟棄的嬰兒，也就是自己的女兒。果真如此的話，島內園香就是秀美的外孫女。

調查員拍下了園香在花店工作的樣子。秀美看了照片後，發現她和自己很像，似乎也有弘司的影子。

她想和園香見面，想要見面之後問清楚。這種想法一天比一天強烈。癌症不知道什麼時候會復發，一旦復發，可能來日就不多了。如果就這樣死了，她會死不瞑目。

但是，事到如今，即使自己主動找上門，如果島內千鶴子真的是秀美的女兒，園香會怎麼想？因為千鶴子很可能對園香說了憎恨母親把自己拋棄的話。

有一天，她終於下定決心去找園香。她做好了心理準備，如果園香罵自己，自己只能向她道歉。

她按照地址前往，發現那是一棟老舊公寓，站在路上就可以看到公寓整排的門。園香住在二〇一室，所以是二樓的邊間。她按著胸口，調整呼吸後走向樓梯，沒想到立刻聽到二樓有一道門打開，而且正是邊間的那道門。一個年輕女人走了出來，對室內說了什麼後，關上了門，邁開了步伐。秀美立刻停下腳步，把頭轉到一旁。

那個女人走下樓梯，經過秀美身旁。秀美偷偷瞄向她的側臉，發現正是調查員拍到的那個女人。她就是島內園香。

她產生了想要追上去的衝動，但兩隻腳無法動彈，因為她不知道該怎麼開口。正當她在猶豫之際，園香的背影消失了。

自己到底在幹什麼？她忍不住生氣。原本以為自己來這裡之前已經下定了決心，但根本沒有做好心理準備。她覺得自己很不中用，差一點快哭了。

就在這時，頭頂上再度傳來聲音。她驚訝地抬頭一看，發現一個男人從園香家裡走了出來，應該是她的同居人上辻亮太。他鎖上了門，走下樓梯。

秀美急忙調整了呼吸，認為上天給了她第二次機會。

她盯著走下樓梯的男人的臉，對方察覺到了，露出驚訝的表情。

「請問……」秀美開了口，男人停下腳步。

「你和島內園香小姐住在一起，對嗎？我記得你是上辻先生？」

男人露出警戒的眼神，「是啊，妳是哪一位？」

「不好意思，突然叫住你。我姓根岸，這是我的名片。」秀美從皮包裡拿出名片交給男人。

上辻更用力皺起眉頭。

「酒店？怎麼回事？妳想找園香去酒店上班嗎？」

「不是，和工作完全沒有關係。我只是想瞭解園香小姐的情況，尤其是關於她的母親……」

「園香的母親嗎？我聽說她已經死了。」

「我知道，所以我想知道她生前的情況。」

上辻仍然露出訝異的表情。

「妳和她母親有什麼關係嗎？」

「這件事說來話長……請問可以稍微占用你一點時間嗎？」

「現在嗎？」上辻意外地問，「但我對園香的母親並不瞭解，也從來沒有見過她。」

「那可以告訴我有關園香小姐的事。我有很多問題想請教你，你願意告訴我嗎？當然我會酬謝你，拜託了。」她再度鞠躬要求。

上辻雖然露出凝重的表情，但顯然動了心。也許是產生了好奇。他看了看手錶後說：「如果不會太久的話……」

他們一起走進附近的咖啡店，再度面對面。

秀美向他出示了一張照片，就是園香參加聖誕晚會的照片。

「這個女孩就是園香小姐吧？」

「好像是，原來她小時候長這樣。」

「你看過她手上的娃娃嗎？」

上辻看了照片後，立刻點了點頭說：

「我知道那個娃娃，園香就放在房間內。因為已經很舊了，所以我叫她丟掉，但她說是她媽媽的遺物，所以不能丟。」

「遺物？」

秀美忍不住驚叫起來，周圍的客人都看了過來。

「對不起。」秀美向上辻道歉，「這是真的嗎？」

「到底是真是假，我就不知道了，但園香是這麼說。」

秀美幾乎暈眩，因為她情緒太激動了。果然是這樣。園香的母親就是自己當年丟棄的女兒。

當她回過神時，發現眼淚流了下來。上辻頓時驚慌失措。

「妳怎麼了？這……讓我很傷腦筋。」

秀美急忙用手帕擦拭眼角，向他道歉說：「對不起，我這個老太婆突然在你面前哭，的確會讓你很傷腦筋。」

「請問到底是怎麼回事？」

事到如今，秀美當然不可能再隱瞞，而且必須尋求上辻的協助，才有辦法採取更進一步的行動。

「不瞞你說……」秀美開了口，毫無隱瞞地坦承了自己約五十年前做的事。

上辻起初半信半疑，但聽到秀美委託調查公司調查園香的身分後，露出了嚴肅的表情。他似乎發現眼前這個老女人說的並非妄想，當他聽到秀美說，不知道癌症什麼時候會復發，所以希望能夠趁活著的時候，瞭解自己女兒的消息時，連續點了好幾次頭。

「我完全沒想到，她竟然在一年前就去世了，但既然她生了女兒，我無論如何都想見一見她，所以才會不請自來。對不起，我知道自己說這些很一廂情願。」

上辻用力吐了一口氣說：「太驚訝了，我剛才也說了，我對園香的母親幾乎一無所知，但我聽說她無依無靠，原來是這樣，原來她是遭到遺棄的孩子。」

「我知道自己做了蠢事，但當時沒有其他方法……」秀美看到上辻露出為難的表情，皺著眉頭說：「對不起，即使我現在說這些藉口也無濟於事。」

「所以你希望我怎麼做呢？」

秀美坐直了身體，微微低下頭，抬眼看著上辻說：

「我知道提出這樣的要求很厚臉皮，但可以請你把我的事告訴園香嗎？說你見到了當年拋棄她媽媽的老太太。」

「嗯，」上辻抱著手臂，「那當然沒問題，但我想她應該很驚訝，也許無法馬上相信。」

「也許吧……」

「然後呢？之後該做什麼呢？」

「如果可以，希望你可以把園香聽到這件事後的反應告訴我。如果她很生氣，也請你實話實說，告訴我實情。」

「我瞭解了，我會和她說看看，但她可能不想見妳。」

「到時候……這……」秀美硬是擠出了笑容，「這也是無可奈何的事，是我犯了錯，她討厭我也很正常，到時候我就只好死心了。」

「好。」上辻一臉不悅的表情回答。他可能覺得接下了苦差事。

秀美問了他聯絡方式，他把手機號碼告訴了秀美。

「你今天休假嗎？」秀美問。

「不，我在家工作，只是出門轉換一下心情。」

「喔？你從事哪方面的工作？」

「影視相關的工作。我是自由接案的製作人。」

「喔，是這樣，所以你在家工作。」

雖然覺得那棟老舊的木造公寓似乎和他的工作不太相襯，但她並沒有多問。因為上辻是重要的幫手。

「不好意思，在你百忙之中打擾，而且還拜託你這麼麻煩的事。」秀美從皮包裡拿出皮夾，遞給他兩萬圓，「不好意思，就這樣直接拿給你，請你去吃一些好吃的。」

「不，這……」

「這只是我的一點心意，你不要客氣。」

上辻稍微猶豫了一下後說：「那我就恭敬不如從命。」收下了錢。

那天之後，秀美的心情就無法再保持平靜。不知道園香聽上辻說明情況後，會有什麼想法。事到如今，即使聽有一個老太婆自稱是她的外祖母，她可能只會感到不知所措。而且這個老太婆當年竟然把她媽媽丟在育幼院門口，她可能根本不想見自己。

一個星期後，接到了上辻的電話。他首先為這麼晚才聯絡道歉。

「我告訴園香後，她的確大吃一驚，該怎麼說，不知道該說是陷入了混亂，還是說六神無主，不知道該怎麼辦，所以花了一點時間，心情才終於平靜下來，有辦法好好思考。」

這也難怪，秀美心想。任何人聽了都不可能冷靜。

「所以園香目前的情況怎麼樣？」

「已經平靜多了，她說想和妳見面。」

秀美聽了上辻的話，心跳加速起來。「真的嗎？」

「對，她說既然有她的親人，她想見面瞭解情況。呃，不知道妳的意見如何？」

秀美毫不猶豫地回答，無論如何都想和她見面。

「我瞭解了，那我要帶她去哪裡和妳見面？」

秀美立刻思考，但想不到適當的地方。她無法想像自己見到園香時激動的樣子，必須避免在大庭廣眾之下流眼淚。

她吞吞吐吐地問，是否可以去她家見面。因為她認為這樣可以好好說話。

上辻回答說：「沒問題，我也認為這樣比較好。」

秀美聽到上辻表示同意，發自內心鬆了一口氣。

隔天，島內園香在上辻的陪同下來到秀美的公寓。雖然她因為緊張，臉上的表情很僵硬，但秀美猜想自己也一樣。

秀美請上辻和園香坐在沙發上，自己跪坐在地上。

「你們有沒有把那個帶來？」

秀美問。上辻看向身旁催促園香，園香打開托特包，從裡面拿出了那個手工製作的娃娃，輕輕放在桌子上。

秀美伸出手，顫抖著拿起了娃娃。相隔五十年再次拿在手上，忍不住熱淚盈眶。

雖然已經褪了色，但藍色和粉紅色條紋的毛衣依舊。秀美掀起毛衣，確認了娃娃的後背。上面的確用麥克筆寫著「望夢」這兩個字。

「沒錯，這就是我當年做的娃娃。謝謝妳一直珍惜它。」她注視著園香。

「媽媽經常對我說，」園香開了口，「這個娃娃是她尋找自己父母的唯一線索。如果她年輕的時候，網路像現在這麼普及，她一定會把娃娃的照片上傳到網路上，尋找是否有人知道這個娃娃。」

秀美捂住了嘴，但仍然無法忍住嗚咽。她不停地說著：「對不起，對不起。」

「妳不用道歉，」園香說，「媽媽並沒有恨妳，她說一定是有什麼不得已的苦衷，但她直到最後都很希望見到親生父母。」
「最後……」
「對，直到最後。」
園香說，千鶴子的死因是蜘蛛網膜下腔出血。秀美聽了，覺得這是命中注定。弘司的死因也是腦出血，也許是因為遺傳的關係，所以才會導致腦部疾病。
「園香，如果妳不嫌棄，以後我們還可以繼續見面嗎？因為我想聽妳說更多關於妳媽媽的事。」
「好，我沒有問題。」
「園香，真是太好了。」上辻在一旁說，「妳一直孤單無依，現在終於找到了親生的婆婆，既然好不容易找到，就讓婆婆好好疼愛妳。」
「嗯，對啊，就讓我好好疼愛妳。我希望為妳做一切無法為女兒做的事，妳隨時都可以來找我，我張開雙手歡迎。」
園香的長睫毛眨了幾下後，輕輕點頭說：「好。」
那天之後，園香經常來秀美家裡。雖然園香說的關於千鶴子的很多事都讓秀美感到難過，但也有讓秀美感到欣慰的事。園香說，千鶴子並不覺得在「朝影園」的生活很痛苦，正因為這樣，所以她才決心長大以後要在那裡工作。她在去「朝影園」工作之前，曾經做過好幾份其他工作，也是在那段期間，和有家室的男人有了深入的關係，最後生下了園香。

雖然原因不同，但秀美得知千鶴子也是未婚生下女兒後，再次感到是命中注定。

對秀美來說，和園香共度的時間無比寶貴。她的生活以和園香見面為優先，為了和她見面，即使犧牲一切也在所不惜。園香似乎也很敬重她。

有一次，上辻一起上門，提出了意想不到的要求。他說為了謹慎起見，想做ＤＮＡ鑑定，要求採集樣本。據說只要把樣本寄去，就有專業的公司進行鑑定。

秀美沒有理由拒絕，但在採集樣本時，內心感到一絲不安。想到萬一鑑定出來她們之間沒有血緣關係，就感到坐立難安。

幸好這是杞人憂天。兩個星期後出爐的結果，證明了秀美和園香之間的關係。

這件事為秀美壯了膽，她鼓起勇氣對園香說，如果可以叫她外婆，她會很高興。

園香雙眼發亮地問：「可以這麼叫妳嗎？」

「當然可以，因為我就是妳的婆婆啊。」

「好，那我以後就這麼叫妳。」

「拜託了，而且以後說話也不用這麼拘謹，和我說話不必用敬語了。」

園香有點害羞地說：「婆婆，我知道了。」

這種幸福的日子簡直就像在做夢，每天都快樂無比。

沒想到在某個時期後，園香來家裡的間隔越來越久。起初每隔兩、三天就會上門，之後變成每週一次、兩週一次，之後的間隔變得更長。即使問園香理由，她也只是回答說，因為很多事情都很忙。

園香有將近一個月沒有上門，秀美終於忍不住了，但又不想打電話催促。園香一定有她的苦衷，打電話催促可能會造成她的困擾。於是她決定去園香工作的花店去看她，也可以順便買花，這樣就不會影響她工作。

沒想到園香並沒有去花店上班。店裡有一位年長的女性店員，所以秀美向她打聽了一下，得知園香因為身體不適請假休息。秀美詳細詢問了園香最近的工作情況，得知並沒有特別忙。

秀美頓時擔心起來。店員只說園香身體不適，不知道究竟是怎樣不適。如果只是感冒當然問題不大，如果得了什麼重病就不妙了。也許是因為這個原因，所以最近很少去秀美家。

秀美坐立難安，立刻去園香的公寓找她。按了門鈴之後，聽到園香小聲應答的聲音，然後開了門。

她一看到園香的臉，立刻大吃一驚。因為園香戴著口罩。由於曾經流行感染症，很多人都習慣戴口罩，但秀美第一次看到園香戴口罩。園香果然感冒了嗎？

「婆婆……妳怎麼來了？」

「因為很想見妳，所以我去了花店，結果店裡的人說妳請假，我聽了很擔心。妳感冒了嗎？」

有沒有發燒？秀美正想這麼問，但並沒有繼續說下去。因為她從園香遮住嘴巴的口罩角落看到了瘀青。仔細一看，發現她的右眼也腫了起來。

「園香，這是怎麼回事？妳臉上有瘀青。」

園香用手遮住了那部分說：「沒事，妳不用擔心。」

「怎麼可能沒事？讓我看一下，妳把口罩拿下來。」

「沒事啦，妳別管我，不好意思，我今天很忙。」園香把秀美推出門外，砰地一聲關上了門，同時聽到了鎖門的聲音。

秀美茫然地站在那裡。到底發生了什麼事？

她走下樓梯，但並不打算離開。她猶豫著，不知道該怎麼辦，旁邊那個房間的門打開了，看起來像家庭主婦的中年女人走了出來。那是住在園香房間斜下方的住戶。女人經過秀美身邊，走向人行道。

秀美突然想到一個好主意，追上去叫了一聲：「不好意思。」

幾分鐘後，秀美再度站在園香他們住的房間門口。她猜想即使按門鈴也沒用，於是打了電話。

原本以為園香會拒接電話，沒想到電話接通了，電話中傳來園香低沉的聲音。

「喂？」

「園香，我在妳家門口，有一件事無論如何都要向妳確認一下。」

「我不是叫妳不要管我嗎？拜託妳回去吧。」雖然園香措詞很強烈，但說話的語氣很無力。

「我聽樓下的太太說了，妳男朋友好像對妳家暴。」

園香沉默不語。

「妳讓我進去，把情況告訴我。」

片刻之後，聽到了門鎖轉動的聲音，門打開了。

當她們在房間內面對面時，園香一臉心灰意冷的表情，緩緩拿下了口罩。秀美屏住了呼吸。園香的臉頰上有一大片瘀青，嘴角也有結痂，看起來很痛。

「是上辻先生打的？」

「嗯。」園香點了點頭。

「從什麼時候開始？」

「我們開始同居後不久。」

「是什麼原因？」

「各種原因，大部分都是我不同意他的意見，或是頂嘴的時候，只要稍微回嘴，他就火冒三丈。」

秀美感到很沮喪。有些人看起來很溫柔，但其實會滿不在乎地打自己的妻子或女朋友。秀美雖然不曾遇過這種人，但在至今為止的人生中，認識好幾個這樣的人。她咒罵自己竟然沒有察覺上辻是這種人。

「即使這樣，妳仍然喜歡他？仍然想和他在一起嗎？」

「以前是這樣。因為他不動粗的時候很溫柔，而且有時候在打我之後，也會馬上向我道歉，說下次再也不會對我動手了。這種時候，我就會覺得自己也有錯……」

「但是他後來又動手了，對不對？這種男人絕對不會改，這是一種病，而且到死都改不了。」

「我知道，所以現在我很想和他分手。」

「既然這樣，那就和他分手啊，為什麼還不分手？」

「一旦我提出分手，後果不堪設想。他可能會殺了我。」

「怎麼可能……？」

「真的會這樣。之前曾經有一次我這麼暗示，妳猜想他做了什麼？他去廚房拿了菜刀對我說，如果我想和他分手，他會殺了我之後自殺。」

「那只是威脅吧？」

「我覺得不是，他是真心這麼想。我當時拚命安撫他，也不想再體會那種害怕的感覺了。」

秀美聽了園香的話感到很鬱悶，她不認為園香誇大其詞。秀美根據至今為止的經驗知道，的確有這種男人。

那天之後，秀美有了沉重的心事。好不容易找到了外孫女，沒想到外孫女竟然遇到這種災禍。她認為自己必須設法解決這個問題，必須解救園香。她每天都在想這件事。

最後得出的結論是一開始就浮現在腦海角落的想法。她決定用自己的生命埋葬上辻亮太。反正自己來日不多了，只要能夠讓園香幸福，那就太值得了。

問題在於方法。有什麼方法可以讓一個七十多歲的老女人能夠確實殺害體力充沛的年輕男人？

只能用那個了。她這麼想。

17

大小不一的艦艇融入了一片灰色風景中。也許因為是陰天的關係，海面也呈現暗灰色，但薰認為這種色調更有軍港的味道。

在這裡散步的人應該很希望看到藍天和蔚藍的大海。尤其是正在用手機拍紀念照的人，一定很希望有漂亮的背景可以襯托五彩繽紛的花圃。

對自己來說，這種顏色的天空和大海已經很足夠了。薰打開了從皮包裡拿出的寶特瓶蓋子。自己到底已經多久沒有來這種有木棧道的公園，坐在長椅上看海了？

她喝水潤了潤喉，寶特瓶放回皮包時，頭頂上傳來一個聲音。「讓妳久等了。」抬頭一看，湯川站在那裡。

薰慌忙準備站起來，湯川對她說：「妳坐著就好。」然後在她身旁坐了下來。

「不好意思，突然不請自來……」

「沒關係，八成是草薙對妳說，叫妳來之前不要事先通知我。」

「他說，如果想要得到重要的供詞，就不能讓對方有充裕的準備時間，即使是認識多年的物理學家也一樣……」

「哼哼，」湯川冷笑著，「很像是他會說的話，但最後妳還是給了我一點時間，從妳按公共玄關對講機到現在，已經過了二十多分鐘。」

「我猜想你可能無法馬上外出。」

「因為我媽尿床了，我協助我爸爸為她換衣服。我媽並不配合，所以很傷腦筋。她雖然已經上了年紀，但掙扎的時候力氣特別大。」

「真辛苦啊。」

「沒什麼，反正不會永遠持續下去——妳找我有什麼事？」

薰坐直了身體，轉向湯川說：

「今天上午，根岸秀美打電話給股長，說有重要的事，請股長去她家裡。股長親自去了她家，她供稱是她殺了上辻亮太。」

「這樣啊。」湯川的反應很平淡。

「你一點都不驚訝。」

「如果我表現出驚訝的樣子，妳會怎麼說？」

「我會叫你不要演戲了。」

「就是嘛，所以我表現得很平淡。」

薰嘆了一口氣，打量著湯川裝模作樣的表情。

「股長命令我，見到你後，第一件事就是問你，什麼時候才能改掉那個壞習慣。」

「壞習慣？」

「就是明明發現了破案的關鍵，不告訴警方，卻先去找嫌犯的壞習慣。你這次好像又這麼做了。」

「我不知道妳在說什麼。」湯川說完，對薰露出了苦笑，「看來我不要假裝聽不懂比較好。」

「聽說昨天晚上，你和股長道別之後，和根岸秀美在銀座二丁目的酒吧內密談。」

「我承認和她一起喝了雅柏威士忌兌蘇打水。」

「你們聊了什麼？應該說，你對她說了什麼？請你告訴我。股長說，他很想當面問你，但目前忙著將根岸秀美移送檢方，無法離開搜查總部，所以命令我來向你瞭解情況，我現在是代理股長。我再重複一次剛才的問題，你昨晚對根岸秀美說了什麼？」

「在向別人提出要求之前，要不要先出示自己手上的牌？根岸秀美如何向警方招供？」

「如果可以，我希望先聽你說。」

「妳要先亮出手上的牌，如果妳不願意，那我們的談話就到此為止，我馬上掉頭回家。反正媒體遲早會報導根岸秀美供詞的內容。」

薰雖然感到懊惱，但湯川說得沒錯。他果然不吃討價還價這一套。

「她供稱殺人動機是為了保護重要的人。她口中的重要的人，當然就是島內園香小姐。」

「有多重要？」

「她說是她的偶像。」

「偶像？」湯川難以理解地皺起眉頭。

「她在半年前，在上野的花店看到島內園香小姐之後，就好像被雷打到般驚為天人，對她一見鍾情。她想要親近園香小姐，於是就買了花。因為想要和她多聊幾句，所以請她幫忙挑選送去香頌演唱會的花，但其實根本沒有演唱會，她把花帶回自己家裡了。」

「想要挖角她去店裡當坐檯小姐的事呢？」

「根岸秀美供稱說的確有這件事，但不是因為覺得她有當酒店小姐的才華，只是想把她留在自己身邊。即使她不當酒店小姐也沒問題，只要有機會和她聊天就好。但是，根岸秀美說，對島內園香小姐的感情並不是所謂的同性戀，而是只要看到她，就覺得很幸福，完全不要求她有任何回報。」

「原來是這樣，所以才說是偶像。」

「她說無法原諒上辻竟然折磨她的偶像。看到島內園香小姐擔驚受怕，甚至不敢逃走，就覺得非殺了上辻不可。於是她要求島內小姐去旅行，她會在這段期間內解決上辻的事。她當然沒有說要殺人，只說會和上辻談判解決。」

「於是就犯案了嗎？她是怎麼做的？」

「關於犯案過程，目前也已經交代清楚了，只是內容相當複雜。」

薰拿出了記事本，接下來的內容必須看筆記才能說清楚。

島內園香聽從根岸秀美的指示，在二十七日和岡谷真紀一起去京都旅行。但秀美要求園香告訴上辻，「和根岸婆婆一起去館山」。秀美告訴園香，上辻對她和朋友一起去旅行可能會面露難色，但他為了錢，打算讓園香去「VOWM」工作，所以可能會允許秀美的邀約。園香完全沒有產生懷疑，上辻聽園香說了這件事之後，打電話給秀美，問她是否要和園香一起去館山。秀美回答說是確有其事。那天就是二十三日，她知道電信公司的通聯紀錄會留下這通電話，所以在犯案後作好了心理準備，知道刑警會上門。

在園香和朋友順利出發前往京都那一天下午，秀美打電話給上辻，說園香在旅行途中發生貧血昏倒了。幸好當地人救了她，而且讓她在家裡休息，希望上辻開車去接她。

上辻回答說，會馬上租車趕過去。

幾個小時後，上辻開著車子出現了。在這段期間內，秀美的手機都一直關機。因為上辻有可能打電話來，她不希望自己的手機上留下犯案當天的通話紀錄。

上辻下車後，露出了訝異的表情。因為那裡是遠離觀光景點的海岸，周圍幾乎沒有民宅。

秀美帶著他走在一條小路上，但最後抵達的地方並不是民宅，而是一條死路。前方是懸崖，十公尺下方就是大海。

這是秀美在幾天前四處察看，終於找到的地方。

秀美拿出兇器。那是以前和她交往的男人放在她那裡的土製手槍，她把槍口對準了還沒有搞清楚狀況的上辻。

上辻背對著懸崖愣在那裡，也說不出話。

秀美命令他轉向大海的方向。上辻乖乖轉過身，還舉起了雙手，問秀美到底是怎麼回事。

秀美沒有回答，就扣下了扳機。因為她知道開槍時會產生很大的後座力，所以兩隻腳用力站在地上，身體並沒有彈向後方。

但是上辻並沒有站穩，他好像被人用力推了一把，向前飛了出去，直接墜落了懸崖。

「之後，她就開著上辻開來的車子，停在館山市內的購物中心停車場，用事先準備好的車用吸塵器仔細清潔了車內，然後搭電車回到了東京。她供稱把犯案時使用的土製手槍丟進了隅田川。她之所以約上辻去千葉，是因為她對那裡的環境很熟悉，知道哪裡有不會被別人看到的地方，只要去那裡，就不必擔心別人聽到槍聲。上辻隆海並不在她原本的計畫中，但她很希望警方無法查出遺體的身分。以上就是所有的情況。」

薰說完，闔起了記事本。

「她是什麼時候告訴島內園香小姐，她殺了上辻的事？」

「關於這件事，她似乎並沒有明確告訴園香小姐，但她認為園香小姐應該猜到了。」

「這是怎麼回事？」

「因為對於上辻沒有回家這件事，她告訴園香小姐，所有的問題都解決了，所以不必擔心，同時還指示園香小姐去向警方報案，說上辻失蹤了。」

「園香小姐聽她這麼說，當然會察覺發生了什麼事。」

「但根岸秀美似乎沒有想到園香小姐會躲起來，她說在這件事上失算了。」

警方雖然會懷疑園香小姐，但園香小姐有不在場證明，警方應該不會想到毫無關係的人，會為了讓她遠離男人的暴力而行兇殺人，所以如果她不逃走，警方就會認為她與案件無關，但她似乎在精神方面太脆弱了。」

「毫無關係的人……嗎？根岸秀美這麼說嗎？」

「好像是這樣，有什麼問題嗎？」

「不，沒有，果真如此的話，的確是失算。」

「好了。」薰把記事本收了起來，看著湯川的臉說：

「我手上的牌全都攤開了，接下來輪到你了。你會告訴我，昨天和根岸秀美談了什麼，對嗎？」

湯川點頭的同時開了口。

「我對她說，我知道島內園香小姐的下落，而且打算告訴警方，但如果兇手打算自首，我可以再等一下。我相信園香小姐也希望如此，也是為了這個原因躲藏起來。」

薰瞪大了眼睛說：

「我聽股長說了，你果然和這起案件有關。不，正確地說，是和案件的關係人有交集，也就是松永奈江女士，對不對？」

「雖然她把島內園香藏了起來，但和這起案子無關。」

「請你告訴我，你和松永奈江女士有什麼關係？應該不只是協助她創作繪本而已吧？」

湯川皺起眉頭，轉頭看向大海的方向，然後開口問：「我認識妳有幾年了？十年……不，好像更久？」

「那時候我才二十多歲。」

「這樣啊。」湯川點了點頭，「我原本就打算告訴草薙，但即使先告訴妳，他應該也不會生氣，因為妳今天是代替他來找我。」

「沒錯。」薰注視著湯川的側臉。

「松永奈江，」湯川嘆了一口氣後繼續說了下去，「她是我的親生母親。」

18

「我出去一下。」聽到說話聲，眺望著窗外夜景的園香轉過頭，發現奈江正在穿上衣。

「妳要去哪裡？」

「我去地下室的酒吧散散心。」

「為什麼突然……？」

奈江第一次說這種話。

「園香，妳留在房間內。」奈江露出真摯的眼神說，「等一下會有人來這裡，妳讓他進來。別擔心，雖然他是男人，但很值得信賴。」

「他是誰？來這裡幹什麼？」

「妳見到他就知道了，妳放心，他會告訴妳正確的道路。」

園香完全聽不懂這句話的意思，茫然地站在那裡，奈江說了聲「那我先下去了」，然後就走了出去。

園香感到不知所措，在沙發上坐了下來。豪華的皮革沙發和這間蜜月套房很相襯。離開湯澤的度假公寓後，奈江說要回東京，然後就住進了這家飯店。

門鈴響了，她嚇了一跳。奈江說的那個人似乎來了。

她起身走到門口，打開了門。門外站了一個戴著眼鏡的高大男人，臉上露出優雅的笑容向她打招呼說：「妳好。」

「你好。」園香也小聲向他打招呼。

「我可以進去嗎？」

「啊……好。」

男人走進屋內後，邊打量室內，邊走向窗邊，瞥了窗外一眼後，心滿意足地點了點頭。

「房間感覺不錯，真是太好了。因為當初看了網站上的照片就預約了，原本還有點擔心。」

「你訂了這家飯店嗎？」

「因為我認為警方絕對不會想到妳們回到東京了。我可以坐下嗎？」男人指著單人沙發問。

「喔……請坐。」

男人坐下之後，又指著雙人沙發說：「妳要不要也坐下來？」

「好。」園香回答後，坐了下來。

「剛才沒有自我介紹。」男人從口袋裡拿出名片。

園香接過名片，連續眨了好幾次眼睛。

「湯川先生……你是大學老師，為什麼會……？」

「我的身分和妳完全沒有關係，妳不必放在心上。妳知道根岸秀美女士已經自首了嗎？」

園香輕輕點了點頭說：「我知道。」

「妳在她自首的前一天晚上，曾經和她通過話，對嗎？」

「……對。」

「當時，根岸女士應該對妳做出了幾個指示。」

園香驚訝地瞪大了眼睛。為什麼他知道得這麼清楚？

「她指示妳，絕對不要告訴警方妳們真正的關係——也就是外祖母和外孫女的關係，對不對？」

園香聽了湯川的問題，只能默默點頭。因為他說的完全正確。

「我省略詳細的說明，但我發現了妳們的關係，而且質問了根岸女士，是不是因為那個娃娃，知道了園香小姐是她的外孫女。」湯川說完這句話，指著書桌，那個娃娃放在書桌上。「我對她說，雖然我也可以把這件事告訴警察，但如果她打算自首，我可以晚一點再說。於是她提出一個條件，就是希望可以和妳通電話，所以我就指示松永奈江女士，讓妳打電話給根岸女士。」

原來是這樣。之前完全搞不清楚是什麼狀況，現在終於恍然大悟。

「但是，我從警方那裡得知，根岸女士並沒有說出和妳之間的關係，只說妳是她很中意的女生。我聽說這件事時，原本以為是為了妳隱瞞了妳們之間的關係，但隨即發現可能另有其他原因，而且這個原因更有說服力，也更能夠說明她為什麼決定殺了上辻。也就是說，根岸女士希望可以相信妳。即使遭到欺騙，她也不想瞭解真相。」

園香聽了湯川的話感到愕然。並不是因為他看穿了一切，而是他知道秀美殺了上辻的真正原因。

「警方遲早會向妳瞭解情況，妳可能很想說出一切，因為這樣比較輕鬆。但我希望妳不要忘記，妳這樣的行為，無法為任何人帶來幸福。妳會犯下詐欺罪，根岸女士則會墜入更加悲傷的深淵。如果妳覺得對不起她，就必須封口。我今晚來這裡，就是想對妳說這句話。」

湯川用平淡的語氣說的每一句話，都深深刺進園香的內心，這種疼痛讓她無法動彈，也說不出一句話。

湯川看了手錶後站了起來說：

「我已經完成了此行的目的，那就告辭了，之後是妳的問題。」

園香仍然無法動彈，只能目送湯川走出房間。砰。關門的聲音一直在耳邊迴響。

關門聲的餘韻消失之後，她的身體才終於能夠活動。她站了起來，緩緩走向書桌，拿起了娃娃，回想起這幾個月所發生的事。

有一天，園香回到家時，亮太用興奮的語氣說了奇怪的事。他說今天白天，有一個陌生的老婆婆找他說話。

他拿出的名片上印著「根岸秀美」的名字，似乎在銀座經營酒店。

「她說想打聽妳媽媽的事。」

「我媽媽的事？」

那個人到底是誰？園香完全沒有頭緒。難道是松永奈江的朋友？她最近一直沒有和奈江聯絡。

「她先給我看了一張照片，那是妳小時候的照片，好像是哪家育幼院的聖誕晚會。」

「喔……」

園香知道這件事。應該是在「朝影園」拍的照片。她想起不久之前曾經接到一通電話，問她是否同意自己的照片被放在育幼院的官網上。

「妳在那張照片上抱著一個娃娃，她問我有沒有看過那個娃娃。就是那個娃娃。」

亮太指著櫃子上說。那裡放了一個穿著藍色和粉紅色條紋毛衣的舊娃娃。

「我說我知道，那是妳媽媽的遺物，沒想到她突然哭了起來。因為是在咖啡店，而且店裡還有其他客人，我慌了手腳，但是聽了她說的理由後，我大吃一驚。因為她說妳媽媽是她的女兒。」

「啊……」

亮太說的話太出乎意料，園香陷入了混亂。

「她的女兒？所以她是我的外婆嗎？」

「就是這樣，娃娃就是她做的，她把還是嬰兒的女兒放在育幼院門口時，一起放在籃子裡。」

「放在育幼院門口？嬰兒？什麼意思？」

「妳聽我說，」亮太提高了音量，「妳媽媽不是被她父母丟棄了嗎？她無依無靠，在育幼院長大。給我這張名片的老太婆就是妳媽媽的媽媽。」

園香同時搖著頭和手。

「我想可能搞錯了。」

「為什麼？」

「因為這和我媽告訴我的情況不一樣。媽媽三歲的時候一個人在公園裡，結果就被帶到警察局，因為沒有父母來認領，於是警察就把她送去了育幼院。

八成是遭到遺棄，把她丟在公園裡。」

「那娃娃呢？」亮太用下巴指著架子問。

「有人把這個娃娃丟在『朝影園』，媽媽就收了起來。」

「千真萬確嗎？妳媽媽可能騙了妳？」

「她為什麼要騙我？」

「我怎麼知道為什麼，我只是說，不能排除她騙了妳的可能性。」

亮太的語氣變得很粗暴，這代表他開始不高興了。這種時候不能繼續惹他生氣。

「也對。」園香小聲回答。

之後，亮太不發一語，似乎在想什麼。

園香注視著娃娃，想起千鶴子把這個娃娃送給她時說的話。

「聽說這個娃娃的主人很小的時候就死了，所以媽媽代替她照顧這個娃娃，園香，妳也要好好珍惜。」

園香不認為媽媽編了那個故事。亮太見到的那個女人應該是那個死去孩子的母親，但是如果說出來，亮太一定會生氣，所以園香什麼也沒說。

接下來的三天，亮太都沒有提這件事。雖然園香很好奇事態的發展，但她不想打草驚蛇，所以也沒有主動提這件事。

有一天晚上，亮太突然開口說：「關於上次那件事，事情有了進展。」

園香不知道他在說哪件事，於是問他：「哪一件事？」

「就是妳外祖母的事啊，反正妳先和她見一面再說。」

亮太的話讓她感到意外，她不知所措地問：

「見面要說什麼？把事實告訴她嗎？」

「什麼事實？」

「就是和我媽媽告訴我的情況不一樣……」

只聽到「砰」的一聲。亮太拍著桌子。

「妳有什麼證據可以證明那是事實？妳媽媽不是有可能騙妳嗎？妳到底要我說幾次？」

雖然園香不記得他曾經說過好幾次，但還是縮著脖子向他道歉說：「對不起。」這已經成為一種反射。

「反正妳去和她見個面，而且見面時不要說不該說的話。我想她可能會問妳很多問題，我會教妳怎麼回答。知道了嗎？如果知道了，就趕快回答我。」

「嗯，我知道了……」

「好，那我們就開始，妳要好好記住。」

於是他們為了和根岸秀美見面開始排練。園香搞不清楚狀況，一心想著不能惹亮太生氣，所以對他言聽計從。

幾天後，她跟著亮太去和根岸秀美見面。秀美渾身散發出低調的華麗和性感，也就是俗話所說的那種「風韻猶存」的女人。

你們有沒有把那個帶來？──秀美問，園香打開皮包，拿出那個娃娃。

秀美一接過娃娃就紅了雙眼，她掀起毛衣看了娃娃的後背，說的確就是她做的那個娃娃。

亮太用手肘碰了碰園香的側腰，園香開了口。

「媽媽經常對我說，這個娃娃是她尋找自己父母的唯一線索。如果她年輕的時候，網路像現在這麼普及，她一定會把娃娃的照片上傳到網路上，尋找是否有人知道這個娃娃。」

這是亮太要求她背下來的話。她原本覺得這番話聽起來很刻意，很沒有真實感，但秀美似乎並不這麼認為。她拚命忍著淚水向園香道歉說：「對不起，對不起。」似乎在為當年拋棄女兒道歉。

雖然園香感到內疚，但她必須說出接下來的台詞。

「妳不用道歉，」園香說，「媽媽並沒有恨妳，她說一定是有什麼不得已的苦衷，但她直到最後都很希望見到親生父母。」

「最後……」

「對，直到最後。」

秀美的淚水奪眶而出，園香看到她用手帕擦拭眼淚，內心感到很愧疚。

之後，秀美問了園香很多關於母親的事。她當然想要知道自己多年前丟棄的女兒的情況，但園香只能告訴她關於千鶴子的情況。當說到千鶴子的死因是蜘蛛網膜下腔出血時，秀美小聲嘀咕說，可能是遺傳。

第一次見面順利結束了，秀美提出之後也想和她見面。園香當然不可能說不行，於是說自己沒問題。

「園香，真是太好了。妳一直孤單無依，現在終於找到了親生的外婆，既然好不容易找到，就讓婆婆好好疼愛妳。」

雖然亮太的話聽起來很空洞，但秀美的反應很不錯。

「嗯，對啊，就讓我好好疼愛妳。我希望為妳做一切無法為女兒做的事，妳隨時都可以來找我，我張開雙手歡迎。」

園香低下頭，只能回答：「好。」

向秀美道別後，園香一臉悶悶不樂。亮太問她：「妳怎麼了？」

「我在想，這樣真的好嗎？」

「妳是指哪一件事？」

「她完全相信了。」

亮太狠狠瞪著她說：「那有什麼問題？」

「但是……」

雖然當時沒有繼續討論這件事，但一回到公寓，亮太就把她推倒在地。

「妳給我聽好了，我調查了那個老太婆，她是銀座那家酒店的老闆，並不是受人僱用的媽媽桑，而且還開了其他店。以前她可能很窮，但現在是有錢人。妳成為這種富婆的外孫女有什麼不好？」

「……會被拆穿。」

「拆穿？什麼被拆穿？喂，妳還在說這種話嗎？」

亮太一把抓住園香的頭髮。雖然很痛，但她因為害怕，無法發出叫聲。

「沒有人知道什麼是事實，什麼是謊言。妳可能就是那個老太婆的外孫女，難道有什麼證據證明妳不是嗎？沒有吧？這樣就足夠了，還是說，妳還有什麼意見？」

園香搖了搖頭。雖然她想到ＤＮＡ的事，但無法說出口。

亮太鬆開了園香的頭髮，把臉湊到她面前，用溫柔的語氣對她說：

「園香，妳聽好了，這是一輩子難得有一次的大好機會，也是妳得到幸福的機會，我不想錯過這樣的機會，妳應該瞭解我的心情吧？」

「嗯。」園香點了點頭。

「真乖。」亮太摸了摸她的頭。

那天之後，園香經常去秀美家。雖然她並不是很想去，但亮太命令她這麼做。

園香對和秀美共度的時間並不會感到不愉快。她們大部分談話都是關於園香的母親。秀美會問她，她的母親是怎樣的人，園香就把千鶴子的事告訴她。園香如實說明了千鶴子在「朝影園」內如何長大，畢業之後過著怎樣的生活，以及為什麼會成為單親媽媽。因為不需要說謊，所以很輕鬆。看到秀美不時淚眼汪汪地附和，常常忍不住想，如果千鶴子真的是秀美的女兒，不知道該有多好。

有一次，亮太提出要和她一起去看秀美，園香問了理由之後大吃一驚。因為亮太說，要去採集樣本做ＤＮＡ鑑定。

「這麼做沒問題嗎？」

園香問，亮太冷眼看著她，似乎在問她有什麼意見。她立刻道歉說：「對不起。」但繃緊了全身，以為又會挨打。

但是亮太只是笑了笑說：「妳不用擔心，這件事包在我身上。」

秀美聽說要做ＤＮＡ鑑定，看起來有點不安。園香看到她的態度，才知道她其實並沒有完全相信她們之間的關係。

亮太到底想幹什麼？他不可能真的認為秀美和園香有血緣關係。

兩個星期後，鑑定結果出爐了。園香看了報告後，懷疑自己的眼睛。報告上寫著她們有血緣關係的機率超過百分之九十九點五。

「這到底是怎麼回事？」園香問亮太。

「哪有怎麼回事？就是這麼一回事，所以我不是早就跟妳說了，完全不用擔心。」

亮太說完，露出了得意的笑容。園香看著他的臉，知道他一定是採集了其他女人和她祖母的樣本送去鑑定。

怎麼可以做這種傷天害理的事？這完全是犯罪。但是，園香什麼都不敢說，她無法違抗亮太。

秀美得知鑑定結果後喜出望外。她坦承雖然確信她們有血緣關係，但還是感到不安。

秀美對園香說，如果可以叫她「婆婆」，她會很高興，還叫園香以後說話不必用拘謹的敬語。

園香無法拒絕，於是叫了一聲「婆婆」，秀美頓時熱淚盈眶。雖然園香受到良心的責備，但她告訴自己，只要秀美感到高興，這樣也沒什麼不好，而且還想了牽強的理由，自己叫她「婆婆」並不是「外婆」的意思，而是指年老的婦人，所以並不算是說謊。

從那個時候開始，秀美經常提供金錢上的援助。之前每次回家時，秀美都會拿兩萬圓給她，叫園香「和亮太一起去吃點好吃的」，但現在每次給她的金額超過十萬圓。那已經不是零用錢了，秀美也說「拿去貼補家用」，秀美應該察覺到園香他們的生活並不輕鬆。

「我沒說錯吧。」園香每次帶錢回家，亮太就滿意地露出笑容，「那個老太婆很有錢，但沒有親人，沒有人繼承她的錢，但以後就不一樣了，她找到了繼承人。園香，那就進入下一個階段。」

「下一個階段是什麼？」園香有不祥的預感。

「要正式確立妳們的關係。妳向她提出收養關係，她一定會上鉤。」

園香聽到這個她從來沒有想過的提議，忍不住慌了神。

「要這麼做嗎？」

「不這麼做怎麼行？我告訴妳一件重要的事。那個老太婆生病了，而且是癌症。幾年前動了手術，她也對周圍的人說，自己活不久了。也就是說，她隨時可能死翹翹。妳知道嗎？如果她就這樣死了，那就前功盡棄了，因為我們拿不到一毛錢，所以必須趕快行動。只要辦理了收養關係，她什麼時候死都沒關係，妳可以繼承她所有的財產，所以反而希望她可以早點死。」

「但是這樣……再怎麼說，似乎都不妥當吧？」

「為什麼？什麼叫再怎麼說？」

「因為這是犯罪啊，根本就像是詐欺，欺騙她辦理收養關係——」

園香的話還沒說完，身體就飛了出去。亮太用力甩了她一巴掌。

亮太像平時一樣抓住她的頭髮說：

「欺騙她？妳說話給我小心點，我什麼時候騙她了？妳仔細想清楚，是我去找那個老太婆嗎？不是吧，是她自己找上門，說妳是她的外孫女。我們只是在說話時稍微迎合了她，就只是這樣而已。妳那是什麼表情？還有什麼意見嗎？」

園香很想說ＤＮＡ鑑定做假的事，但亮太一定會打她，所以她默默搖了搖頭。

「妳給我聽好了，我在這個計畫上孤注一擲，已經無法後退了，也不打算後退。如果妳說這是犯罪，妳也是共犯，即使現在想逃也來不及了。妳不是用老太婆的錢吃飯嗎？還用她的錢喝了酒，買了新衣服，不是嗎？」

我可以把錢都還給她——雖然園香想這麼說，但開不了口。

亮太露出了得意的笑容。

「妳不必擔心，一定會很順利。我說了好幾次，這一切都是為了妳。只要順利完成這件事，接下來只要慢慢等就好。只要老太婆死了，幸福就會上門了。」

不，這才不是幸福——園香沒有把這句話說出口，但閉上了眼睛。不知道亮太怎麼解釋她的舉動，摸著她的頭說：「妳很乖。」

真希望這件事趕快結束。園香開始有了這樣的想法。無論亮太說再多歪理，這就是犯罪。

即使遇到休假日，園香也說秀美沒空，所以沒有去找她。因為一旦見到秀美，就必須向她提出收養的事，如果不提這件事就回家，亮太一定會暴跳如雷。

就這樣過了一個月，某一天，園香回到家時，看到亮太在喝威士忌。他很少在晚餐前喝酒，所以園香產生了不祥的預感。

她的預感應驗了。亮太突然站起來撲向園香，把她按倒在地後，用力打她的臉和身體。

「妳騙了我。我剛才打電話給那個老太婆，她說是因為妳有事，所以妳們一直沒見面。這是怎麼回事？妳趕快回答！」

「求……求求你放過我……」

「啊？妳在說什麼？」

「我不想做這種事，我想到此結束。」

「到此結束？妳為什麼這麼排斥？妳只要去老太婆家取悅她就好，不是很簡單嗎？」

「不是……我想結束這種生活。」

「這種生活？什麼意思？妳想要結束和我一起生活嗎？」

園香沒有回答，但也沒有點頭，亮太似乎察覺了什麼，突然站了起來。他走去廚房，又立刻折返回來。園香看到他手上的東西，感到不寒而慄。他拿了一把殺魚刀。

他再次站在園香面前，把刀子舉到她的臉前。

「園香，妳敢背叛我，就別怪我不客氣。我之前也說了，已經沒有退路了。妳想逃也沒用，我一定會找到妳，我會殺了妳之後自殺。這不是威脅，我是認真的。」

亮太眼中的瘋狂讓園香無法動彈。

她覺得亮太會殺了自己。這樣下去，真的會死在他手上——

不久之後，秀美突然上門。因為亮太不在家，園香開了門。雖然戴了口罩，但秀美還是發現了她臉上的瘀青。

雖然園香把秀美趕了出去，但秀美並沒有放棄。她向鄰居打聽之後，得知了亮太對園香動粗的事。

園香無法再隱瞞，向秀美坦承了家暴的事，但並沒有明確說明理由。因為她無法說出自己和亮太欺騙了秀美。

「我知道了，婆婆幫妳解決這件事，妳不必擔心。」秀美對她說了這句話後就離開了，但園香完全不知道秀美打算怎麼做。

一個星期後，接到了秀美的電話，園香和她見了面。因為亮太也對她說，等她臉上的傷不明顯，就趕快去和秀美見面，所以時機剛好。

秀美提出了意想不到的要求。她要求園香最近和朋友一起去旅行。

「至少要去兩天一夜，盡可能去遠一點的地方。婆婆會幫妳出錢，妳有沒有想去什麼地方？」

因為太突然了，園香感到不知如何是好。

「為什麼突然要我去旅行？」

「偶爾要出去散散心，妳已經好幾年沒去旅行了吧？」

「雖然是這樣……」

秀美看到園香一臉不解的表情，嘴角露出了笑容說：

「不瞞妳說，我想解決那個問題，就是那個家暴男的事。我想了很久，打算用談判的方式解決。」

「有辦法解決嗎？」

「當然不簡單，需要有人出面談判，也需要花錢，但已經大致有了眉目。在妳旅行回來時，就可以和他斷絕關係，讓他再也無法接近妳。」

需要有人出面談判，也需要花錢——

所以要找黑道出面嗎？園香這麼想。雖然園香對黑道一無所知，但秀美可能認識這方面的人。

「有辦法搞定嗎？」

「一定會搞定，當然任何事都可能發生萬一的情況，但我會很小心，即使發生這種情況，也不會影響到妳。妳放心吧。」

「但是他可能不讓我去旅行。」

「妳可以說和我一起去旅行，如果和我一起去旅行，他也會說不行嗎？」

「啊，那也許沒問題……」

如果秀美邀請園香去旅行，園香拒絕的話，他反而可能生氣。

問題在於要邀誰一起去旅行。秀美說，最好是值得信賴的朋友，那就只有一個人。

園香問了岡谷真紀，岡谷真紀一口答應。於是她們決定九月二十七日去京都。

園香把這件事告訴了亮太，亮太當場打電話給秀美。他似乎懷疑園香在說謊，但掛上電話後，他忍不住竊笑說：「這是大好機會，妳要在旅行期間和她談妥收養的事，知道了嗎？」

「知道了。」園香回答說。如果秀美說的話屬實，無論現在說什麼謊都沒問題。

和真紀在京都的旅行很愉快，她難得充分享受了解脫感。她當然很在意亮太，不知道秀美找人談判是否成功。平時亮太總是不停地傳訊息給園香，但這次完全沒有傳任何訊息。她覺得這代表事情很順利。晚上時，收到了秀美傳來的訊息，說一切都很順利，請她好好享受旅行。

但是回東京的那一天，她還是感到心神不寧。她想像亮太怒不可遏地等在家裡，只要她一進門，亮太就撲上來打她。

沒想到結果比想像中更簡單，亮太不在家裡，她打電話給秀美，秀美對她說，不用擔心。

「妳不必擔心，今晚就好好休息。明天要去上班吧？等妳有空的時候再打電話給我，我要請妳做幾件事。」

「要我做什麼事？」

「明天再說，晚安。」

秀美說完，掛上了電話。園香覺得秀美的態度有點拒人千里。

天亮之後，亮太仍然沒有回家。園香去花店上班，雖然像平時一樣工作，但心情無法平靜。

「妳怎麼了？好像有點悶悶不樂。」店長擔心地問。

「沒事。」園香回答。

她在午休時打電話給秀美，秀美要她做的事完全出乎她的意料。

秀美叫她打電話去所有和亮太有關係的人和地方，詢問亮太的下落。

「這是怎麼回事？簡直就像是亮太失蹤了——」

園香說到這裡，突然感到背脊發涼。她突然瞭解了狀況。雖然覺得不可能，但仍然只想到一個可能。

「那個……妳該不會把亮太……」接下來的話太可怕了，她不敢說出口。

「園香，」秀美溫柔地叫著她的名字，「妳說對了，亮太失蹤了，在妳出門旅行時失蹤了，所以妳今天要到處打聽他的下落，晚上再去附近的警察局，說和妳同居的男朋友不見了。」

「到底發生了什麼事？」

「妳不需要知道，也不需要考慮。總之，妳按照我的指示去做，這樣就不會有事，妳完全不需要擔心。」

「婆婆……」

絕對不會錯。雖然不知道發生了什麼事，但亮太再也不會出現在園香的面前。也就是說，他已經不在這個世上了——

「園香，妳是我的一切，只要妳幸福，我就別無所求了，我的生命根本不重要，所以拜託妳，按照我說的去做。」

電話中傳來的聲音可以強烈感受到秀美的毅然，園香無法拒絕。

「但是，即使想要打聽亮太的下落，我也完全不知道他朋友的電話……因為電話都在他的手機上。」

「喔，也對，現在的人都沒有通訊錄。既然這樣，那就算了，妳不時打電話給他，試著和他聯絡。因為同居人失蹤，妳什麼都不做很奇怪。我剛才也說了，妳晚上去警局報案，說他失蹤了，知道嗎？」

秀美淡淡地說的話很有威嚴。園香回答說：「我知道了。」

「啊啊，太好了，園香，謝謝妳。妳要加油，如果有什麼事，妳再和我聯絡。」秀美似乎發自內心鬆了一口氣。

園香掛上電話後，感到茫然若失。她覺得出了大事。

原本她暗自決定了一件事。如果順利和亮太分手，她決定向秀美說出真相。她打算歸還秀美之前給她的錢，即使花費幾年的時間，也要還這筆錢。

但是，現在無暇顧及這件事。秀美以為園香是她的親生外孫女，所以才會讓亮太從這個世界消失，事到如今，當然不可能向她坦承，這一切都是謊言。

園香不知道該怎麼辦，只能按照秀美的指示去做。她打電話給亮太，確認電話無法接通後，傳了訊息詢問他的下落。她一次又一次這麼做，亮太當然完全沒有反應。

入夜之後，她去了警局，在名叫生活安全課的部門說明了情況。一名姓橫山的男性員警接待了她，問她最近是否有什麼不尋常的事。園香回答說沒有。報了失蹤人口後，她離開了警局。她不知道自己的態度是否有不自然的地方。

她和秀美聯絡後，秀美稱讚她做得很好。

「這樣就放心了，妳終於自由了，但千萬不能表現得很開心，因為不知道誰會看到妳。」

「之後該怎麼做？」

園香問，秀美沉默片刻後說：

「雖然這些話有點難以啟齒，但還是必須告訴妳，所以我就說了。過一陣子，警察應該會聯絡妳，通知妳找到了像是亮太的人，希望妳去確認。」

園香吞著口水。因為她猜到像是亮太的人指的是什麼。

「園香，妳在聽我說話嗎？」

「嗯，我在聽。」

「然後妳就聽從警察的指示，雖然妳可能不願意，但還是要去確認是不是亮太。」

「之後呢？」

「如果是亮太，警察應該會告訴妳該怎麼做，如果妳還是不知道該怎麼辦，可以打電話給我。」

「好，我知道了。」

「妳要堅強，再撐一下。等事情平息之後，我們再見面，妳要保重身體。」

「嗯，婆婆，妳也要保重。」

「謝謝。」

那天晚上，園香輾轉難眠。想到接下來的事，她感到絕望。以後也要繼續欺騙秀美嗎？秀美認為自己是為了外孫女，殺了可惡的男人。

天亮了，她幾乎一整晚都沒睡。她去花店上班時，店長擔心地說，她的氣色很差。

「妳昨天也很沒精神，如果身體不舒服，可以請假休息。」

「不，我沒事。」

但是她的精神狀態很差，根本無法專心工作，隨時都提心吊膽，不知道什麼時候會接到警方的電話。

就在這時，接到了松永奈江的電話。松永奈江語氣開朗地說，很久沒見面了，想聽聽她的聲音。

園香無法假裝很有精神。奈江發現她說話吞吞吐吐，似乎察覺了什麼。

「園香，是不是發生了什麼事？妳老實告訴我。」

奈江直截了當地問，園香立刻動搖了。

「奈江姨婆，我出事了。」她脫口說道。

「啊？怎麼了？發生了什麼事？」

奈江驚訝地問，但園香不知道該如何說明。奈江聽到她沒有回答，問她：

「是不是不方便在電話中說？」

「嗯，對……」

「那妳要不要來我家？我也想當面聽妳說。」

「好。」園香回答後，約好當天晚上見面。但是掛上電話後，她陷入了沉思。

她無法說出這些事。雖然是亮太指使她這麼做，但終究欺騙了一個老婦人，而且還讓老婦人殺了人。

該怎麼對奈江說？——她滿腦子都在思考著這件事，工作出了好幾次差錯。

她沒有想到明確的答案，就去和奈江見了面。奈江一見到園香，立刻發現事態不同尋常，對她說：「妳只要說現在能夠說的情況，有些事可能難以啟齒吧？」

園香點了點頭，然後開了口。她告訴奈江，亮太好像被人殺了。因為她覺得奈江遲早會知道，所以覺得不如主動告知。

奈江應該很驚訝，但面不改色地問：「是誰殺了他？」

「這……我不想說，因為對方似乎是為了我殺了他。」

奈江目不轉睛地注視園香，然後小聲說：

「我知道了，所以妳有什麼打算？」

「不知道，我完全不知道該怎麼辦。」園香搖著頭，「如果可以，我很想消失……」

「園香。」奈江小聲叫了她的名字後陷入了沉默。園香低著頭，所以不知道她臉上是怎樣的表情。

「好，」過了一會兒，奈江說：「既然這樣，那就這麼辦。」

園香聽了這句話，抬頭看著奈江問；「什麼意思？」

「那就消失啊。別擔心，我會陪著妳。」

「消失？要消失去哪裡？」

「這件事交給我，我知道有一個地方。」

接下來一陣手忙腳亂。她在十月二日早晨打電話去花店，要求請長假。如果店長不同意，她做好了辭職的準備，但幸好店長同意了。她收拾行李後，去了奈江的公寓。奈江也已經收拾好行李，兩人一起出了門。她們去了東京車站，當她聽說要搭上越新幹線時很驚訝。因為她完全沒有想到要去那裡。

「那裡有一個秘密基地。」奈江說完，向她使了一個眼色。

於是她們就前往湯澤的度假公寓生活，她們很少遇到其他住戶，而且都由奈江負責出門採買，園香覺得繼續住在這裡就不會被警察發現。

問題在於能夠在這裡躲藏多久。她從新聞報導中得知已經發現了上辻的遺體，警方應該正在拚命尋找園香的下落。

奈江什麼都沒問，似乎在等園香主動開口，但園香說不出口。如果說自己謊稱是別人的外孫女，而且還收了對方的錢，奈江一定會痛罵她。

在日復一日這樣的生活中，事態突然發生了變化。她們離開了湯澤的公寓，搬來這家飯店。奈江似乎接到了別人的指示，但奈江並沒有告訴園香對方是誰，現在回想起來，應該就是湯川。

幾天前的深夜，奈江遞給她一張紙條說：「妳現在馬上打電話去這個號碼。」

園香看了號碼，立刻臉色發白。因為那是秀美的手機號碼。

「我在隔壁房間。」奈江說完，走進了臥室，然後關上了門。

園香更加莫名其妙了。這到底是怎麼回事？奈江為什麼知道秀美的電話號碼？

她猶豫之下，還是拿起了電話，按了便條紙上的號碼，手按著胸口。

電話鈴聲只響了一次，電話就接通了。「我是根岸。」電話中傳來了熟悉的聲音。

園香沒有說話，秀美在電話中問：「園香嗎？」「嗯。」園香回答。

「太好了，湯川老師遵守了約定。」

秀美提到了一個陌生人的名字。那個人是誰？

「妳還好嗎？身體沒有問題嗎？」

「嗯，我很好。我……」

「妳什麼都不用說，只要妳健康平安就好。我有話要對妳說，妳願意聽我說話吧？」

「嗯。」

「太好了，我明天要去警局自首。」

「啊……」

「雖然我原本以為可以瞞天過海，但果然還是瞞不過去，所以我放棄了。

我有一件事要交代妳，我打算對警察說，我在花店看到妳之後就很中意妳，絕對不會說出妳是我以前丟棄女兒的孩子，所以如果警察問妳什麼，希望妳也堅稱是這麼一回事，知道了嗎？」

「這樣……沒問題嗎？」

「沒問題，這就當成是我們兩個人的秘密。這半年期間很快樂，留下了很多快樂的回憶，我打算好好珍惜這些回憶，度過來日不多的餘生。」

「根岸婆婆……」

「妳不叫我婆婆了嗎？」

「啊……但是……」

「這是最後一次了，所以妳要叫我婆婆。」

「婆婆……」

電話中傳來呵呵的笑聲，「謝謝妳。」

然後電話就掛斷了。

園香握著電話，雙腳一軟，癱坐在地上。淚水撲簌簌地流了下來，滴落在地上。

19

「朝日奈奈女士：

收到您的電子郵件了，

之前也收到了世報社藤崎小姐的來信，事先告知此事，

感謝您的禮數周到，

同時您對拙作《如果遇見單一磁極》產生興趣，令我感動不已。

老實說，那本書的銷路其差無比，

而且早就絕版了，我反而很好奇您從哪裡得知了這本書。

您打算撰寫以單一磁極為題材的繪本令我大感意外，

但我很希望小孩子能夠對物理學產生興趣，

所以很願意盡綿薄之力，如果有任何疑問，

歡迎您隨時和我討論。

我會盡可能用簡單易懂的方式說明，

如果有費解之處，還請您直接告知，不必有任何顧慮。
請多指教。

帝都大學理學院物理系 湯川學」

奈江重新看著這封不知道已經看了多少次的電子郵件，聽到了門鈴聲。她闔上筆電，深呼吸後站了起來。

她走向門口，右手按著胸口。心跳加速，但她知道已經無法讓心情平靜下來，於是再次深呼吸後，打開了門。

那個人就站在門口。那是三十多年來，她一直渴望見到的人。

「好久不見。」他——湯川學說。雖然他的聲音低沉，但很有溫度。

奈江試圖露出微笑，但臉頰僵硬，完全笑不出來，最後擠出了勉強小聲地說了聲：「請進。」

學走進屋內。他個子很高，可能有一百八十公分左右。最後一次見到他時，他已經有這麼高了嗎？記得他當時才初中二年級。

學打量室內後，回頭看著奈江說：「和對面房間的格局有微妙的差別。」

「其實不用訂蜜月套房。」

「既然要聊天，當然希望有沙發和茶几，我們坐下吧。」

學說完，坐了下來。這個房間內只有一張長沙發。奈江和他稍微保持了距離，也在沙發上坐了下來。

學注視著她。奈江忍不住低下了頭。

「你不要這樣盯著我看，我已經變成老太婆了。」

「這也是無可奈何的事，因為我也已經滿頭白髮了。」

奈江抬眼看著他。

「你很有成就。我上網查了之後，發現有好幾張你的照片。」

「照片的數量和成就毫無關係——妳經常上網搜尋我嗎？」

「對不起，你一定感到很不舒服吧？」

「沒這回事，我能夠理解妳的心情。」

「雖然我很想看你的照片，但更想瞭解你的近況。我對你寫的那些費解的論文一知半解，但你年輕時，不是曾經寫過一些像是散文的內容嗎？我想要搜尋那些內容。」

學露出洩氣的表情皺起眉頭。

「那是我在小眾的科學雜誌上寫的文章吧？已經是很久之前的事了，簡直是想要挖個洞埋進土裡的黑歷史。」

「還有關於虐待兒童的文章。受虐兒童因為沒有被愛的經驗，所以長大之後，也會有虐待自己子女的傾向——」

「我只是賣弄一些現學現賣的知識，和我本身並沒有關係。」

奈江吸了一口氣。她的心情漸漸平靜下來。

「我知道自己很對不起你。」

學挺起胸膛，揚起下巴，視線有點不知所措地飄忽起來。他似乎不知道該怎麼回答。

「要不要喝點什麼？」片刻之後，他開了口，「我有點口渴，我來叫客房服務，妳有沒有想喝什麼？」

「沒有，你決定就好。」

「妳可以喝酒嗎？如果妳不介意，我想點香檳。」

「啊……好啊。」

學站了起來，走去書桌，拿起了電話。奈江注視著他的背影，覺得的確很像那個人。

那個人──就是學的父親。

學打完電話後走了回來，重新在沙發上坐了下來。「他們馬上會送過來。」

「你父母都還好嗎？」奈江問。

他歪著頭遲疑了一下後回答說：「媽媽的身體不好，爸爸正在照顧她，但恐怕日子不多了。」

「她生了什麼病？」

「多重器官衰竭，失智症也很嚴重。」

「這樣啊……」奈江低下了頭。

「我以前一直想，如果以後有機會見到妳，想問妳一件事。」學開口說道，「就是關於我爸爸的事，是我的親生父親。我看了戶籍欄，上面是空白。我父母對我說，我是遠房親戚的年輕女孩在離婚後生下的孩子，但如果是這樣，戶籍上應該有父親的名字。」

「原來是這件事。」奈江點了點頭，「我相信他們這麼對你說明，是希望把事情單純化，但好像反而讓你陷入了混亂。」

「妳並沒有和我的親生父親結婚，對嗎？」

「對，我們並沒有結婚，因為當時我們都很年輕，而且他前途無量。」

「前途？」

「身為科學家的前途。」奈江看向窗外的夜景。

他當時是學生，經常來奈江工作的食堂，兩人漸漸熟識起來。當時奈江二十一歲，以形如離家出走的方式離開了位在帶廣的老家，來到東京。

他的宿舍位在水道橋附近，房間很小，廁所和廚房都是公用。書架上放滿了各種費解的書籍，每次和他一起躺在被子裡，奈江都很擔心地震的時候，那些書會倒下來。

他個性溫柔，刻苦用功，而且很聰明。他會修各種機械，醫學知識很豐富，簡直就像是醫生，英文也很好。奈江覺得只要和他在一起，無論發生任何事都不需要害怕。

他的學業當然也很優秀。他獲得研究室教授的推薦，打算在大學畢業之後去美國的研究機構留學。

他對奈江說，希望可以和他一起去，一起去美國生活。

奈江欣喜若狂，覺得簡直就像是做夢。但是有一天住在他宿舍時，半夜醒來，看到他坐在書桌前，就覺得自己不該跟他去美國。因為他目前需要很多時間，不能讓他為研究以外的事操勞。自己和他一起去美國，只會妨礙他。

奈江告訴他，我不去美國，我會在日本聲援你，你好好加油。我不會等你回來，所以你去美國找一個理想的對象。

雖然他看起來很痛苦，但並沒有試圖說服奈江。他很聰明，瞭解她的真心。

他們兩個人就這樣分手了。雖然奈江很難過，但她告訴自己，這是正確的決定。沒想到發生了意料之外的狀況。她的月經沒來，而且持續出現以前從來不曾有過的奇怪嘔吐現象。她察覺到自己懷孕了，即使不去醫院也知道。

她很煩惱。不知道該怎麼辦。她不可能通知他，因為這會妨礙他的研究，不能讓他為不必要的事擔心，更何況她根本不知道他的聯絡方式。因為奈江之前對他說，不用寫信給自己。

她沒有想過墮胎這件事。雖然知道該這麼做，但她無論如何都想生下來。因為這是他的孩子。

不久之後，食堂的老闆娘發現了。因為奈江住在食堂的宿舍，很難隱瞞。老闆娘通知了奈江位在帶廣的老家，父母立刻趕了過來。

那是誰的孩子？妳有什麼打算？父親質問她，然後大聲咆哮，叫她趕快去拿掉孩子。

奈江什麼都沒有回答，只是聽到父親叫她拿掉孩子時搖了搖頭。

老闆娘向她的父母道歉，說都怪自己督導不周。老闆娘應該察覺到誰是孩子的父親，但並沒有告訴奈江的父母。老闆娘應該瞭解奈江的心情。

奈江的父母一籌莫展，最後提出了條件。可以把孩子生下來，但必須送養。

父親說，這是為孩子著想。即使一個年輕女生想養育孩子，也無法讓孩子受良好的教育。把孩子送去有經濟能力，家世良好的家庭，是為孩子的未來著想，想把孩子留在身邊，自己一個人養育孩子只是自私——

父親說的每一句話都正確，她無法反駁。奈江點了點頭。

不久之後，孩子出生了。是一個男孩。奈江之前就想好要為他取「學」這個名字，希望他可以像他父親一樣聰明。

離別的日子終於到來。湯川夫婦看起來很誠懇，所以她放了心，但是對方事先提出的要求讓奈江感到沮喪。對方提出，將由他們決定什麼時候告訴孩子並非親生，在此之前，不希望奈江和孩子接觸。奈江的父母回答說：「沒問題。」

「我好像太多話了，你還想聽之後的事嗎？」

「如果妳不想說，那就沒關係。」學拿著香檳杯。奈江在聊往事時，客房服務生送來了半瓶香檳和杯子。

「我並沒有不想說，只是有點無趣。之後我回了老家，生活了一段日子，之後又結了婚，再次來到東京。對方是設計師兼插畫家，還開了一家販售獨創商品的店。我在幫忙的時候也學會了畫畫，建立了人脈。也因為這個原因，即使離婚之後，也可以繼續養活自己。離婚的原因是前夫酒後發酒瘋和外遇，是不是很無趣？」

「妳離婚後變成一個人，之後呢？」

奈江用力深呼吸後，注視著他的雙眼。

他立刻知道接下來的情況，但他還是希望奈江親口說出來，必定是希望今天在此做一個了結。

「因為我很不安，所以做了愚蠢的事。我想要奪回之前送養的兒子。」奈江娓娓道來，「我去了湯川家，要求湯川夫婦把孩子還給我。這實在太丟人現眼了，現在回想起來，實在太不正常，但當時真的不顧一切。」

「我在房間內也聽到妳和父母大聲爭執的聲音，只聽到你們簡直就像小孩子在搶玩具般，說著還給我、不可能還給妳，交給我、不能交給妳之類的話。」他露出了冷笑，「但是你們最後做出了妥善的結論，就是讓我來選擇。」

沒錯，當年把他叫到面前，要求他做出選擇。奈江在那一刻就不抱希望了。雖然自己是親生母親，但小孩子不可能選擇突然出現在自己面前的陌生女人。果然不出所料，他回答說，希望繼續過目前的生活。

湯川夫婦同意奈江和孩子見面，所以她經常找時間去見他。學雖然沒有拒絕，但臉上的表情始終很黯淡。

「我記得在你中學二年級的時候，我曾經問你，你覺得湯川夫婦是你真正的家人嗎？你記得當時是怎麼回答我的嗎？」

「沒有什麼是真正的，每個人都很孤獨——」學一字一句重複了當時說的話，「那一陣子，我經常說這句話，很幼稚，也很裝模作樣。」

「但是，我聽了你這句話之後恍然大悟，其實我傷害了你，所以決心以後不再和你見面。」

「所以妳就從我的面前消失了。」

「對，我覺得自己也該探索新的人生。幸好不久之後，我又遇到了新的人生伴侶。」

「就是松永吾朗先生。我父母給我看了妳的信，信中說妳已經結婚了。我記得那是我高中一年級的時候。」

「我以為自己放下了，事實上在那之後，我也從來沒有試圖和你見面，但其實還是放不下。我剛才也說了，自從偶爾在網路上看到你的名字之後，只要一有空，我就會搜尋你的名字。六年前，我發現了那本書。就是《如果遇見單一磁極》，我立刻看了那本書，雖然有點難度，但我能夠理解內容。

於是我想到兩件事，第一件事，就是可以作為繪本的題材，另一件事，就是在不暴露出自己身分的情況下，以此為藉口和你接觸。」

「我接到責任編輯的聯絡時，覺得這位繪本作家的想法真奇特，但從來沒有去想過這位作家的真實身分。」

「你是什麼時候發現的？」

「當然是在這起案子發生之後。負責偵辦這起案子的刑警剛好是我的朋友，他來向我打聽名叫朝日奈奈的繪本作家，於是我得知了這位作家的本名。我費了很大的力氣，才能夠在朋友面前故作平靜。」

原來是這樣。奈江至今仍然不知道為什麼學會介入這起事件。

「你沒有把我的事告訴警察嗎？」

「我不想交給警察處理，我猜想妳一定有什麼複雜的因素才會涉入其中，所以我想親自查清楚。」他說到這裡，瞇起了眼睛，「我重新看了我們之前互通的電子郵件，終於瞭解了。妳在電子郵件中問了我很多關於我小時候的生活，以及對家人的想法。」

「對不起，因為我做夢都沒有想到竟然有一天會當面和你說話，所以就樂不可支地問了你很多事，我無意欺騙你。」

「我並沒有覺得妳在欺騙我，我這次也稍微調查了名叫松永奈江的女人。聽說妳曾經四處表演連環畫劇，也因此認識了島內園香小姐的母親，也就是千鶴子女士。」

「你調查得真清楚，你說得對。我難得和她很合得來，也很佩服她獨自把女兒養育長大，因為那是我當年做不到的事。」

「所以妳也很照顧她的女兒園香小姐。」

「嗯，是啊，只不過無法像和她媽媽那樣心意相通，終究無法戰勝代溝。」

「但這次是園香小姐向妳求助，不是嗎？」

「只是剛好變成這種情況。她似乎涉及了同居男友遭到殺害的案子，很想要逃離某些事，於是我就助了她一臂之力。因為我認為她不可能是兇手，而且只要破案之後，一切就可以解決了。我原本期待她會告訴我，只不過她始終沒有向我說出真相。」

「因為她擔心妳會蔑視她，所以才無法說出口。」

「蔑視？」

「她欺騙了一個人，她認為是因為她說謊，才會導致這起案件發生。這件事說來話長，還是下次再向妳說明詳細的情況。」

「原來是這樣……話說回來，這次接到你第一封電子郵件時，我真的很驚訝。」

「我想也是。」

那是在湯澤的度假公寓時，收到一封來自陌生郵件信箱的電子郵件。郵件的內容如下。

「松永奈江女士，如果妳正在朋友名下的度假公寓，請即刻離開那裡。警方已經查到了那裡，我會為妳準備下一個躲藏地點，請妳前往東京。」

奈江原本懷疑是惡作劇，但又認為不可能有這種事，而是有人通知她正面臨危機。她完全猜不到是誰，但判斷最好遵從對方的指示。雖然她回了電子郵件，問對方「你是誰？」，但對方並沒有回答。

「你應該一開始就告訴我是你。」

「因為我想如果這麼做，只會讓妳陷入混亂。如果妳胡思亂想，導致耽誤了行動，那就失去了意義。」

學說得沒錯，如果電子郵件中出現學的名字，的確會造成自己的混亂，也許會猜測是警方利用他的名字，為自己設下的圈套。

奈江和園香一起前往東京時，收到了第二封電子郵件。上面寫了飯店的名字，並告訴她已經預約完成，她只要辦理入住手續就好。奈江看到預約的名字大吃一驚。因為上面寫了湯川學的名字，而且電子郵件中還提到「我相信您有很多問題想要問我，但請您現在聽從我的指示」。

在深夜時收到了第三封電子郵件。上面寫了一個手機號碼，希望島內園香小姐可以打那個電話。

今天收到了第四封電子郵件。郵件中說，他想和島內園香小姐談一談，所以會去她們住的房間，在他們談話期間，會為奈江準備另一個房間，希望她可以去那裡等。

「你為什麼幫助我們？」

「我剛才也說了，我不想交給警察處理這件事，但是——」學歪著頭，聳了聳肩說：「這也許只是藉口，我只是想自己解決。我想瞭解松永奈江的人生，瞭解她的想法，以及這些年來的生活。」

奈江收起下巴，抬眼看著他問：「所以……你瞭解到什麼？」

「雖然只瞭解到一點皮毛，但總覺得已經有所瞭解了。妳為那些舉目無親的孩子表演連環畫劇，住在新座時，把鄰居家的兒子當成自己的孩子疼愛，應該都和遙遠的過去有關。」

「如果說懺悔這兩個字，或許有點誇張，但只是想彌補自己當年放棄孩子的過錯，雖然這只是自我滿足。」

呵呵。她淡淡地笑了笑。

學的視線飄忽，嘴角也露出了笑容，然後開了口。

「我也在懺悔。」

奈江歪頭看著學問：「為什麼？」

「妳還記得那棟房子嗎？」

「房子？」

「就是我和父母一起住的那棟老房子。」

奈江點了點頭說：

「我怎麼可能忘記？當時就是去那裡，想要把你搶回來。」

「在我父母搬去橫須賀公寓的幾年之後，那棟房子拆掉了。當我得知這個消息時想，此時此刻，在這裡的自己，已經不是當年在那個家裡假裝乖巧的少年了，那個少年早就已經死在那個家裡了，所以那個少年的屍體一定就在那棟房子內，只是肉眼無法看到而已。」

「這種想法真感傷……」

「但是我大錯特錯了。幾十年來，如今我看過各式各樣的人，各式各樣的生活方式，充分瞭解當年的自己多麼愚蠢。任何人都不可能獨立活在這個世界上，我能夠有今天，是因為得到了很多人的幫助。我發自內心感謝養育我長大的父母，同樣的，我也必須感謝當年生下我，把我交給我父母的人。當時……在你們要求我做出選擇時，我應該這麼回答。我無法做出選擇，因為都是我的父母。」學直視著奈江，「我一直希望如果有機會見到妳，要向妳道歉，向妳說對不起。」

奈江迎接著學的視線，感到千頭萬緒湧上心頭，她吞著口水，努力克制了內心的感情。

「你剛才說下次再說，你說下次再向我說明詳細的情況，所以我們還會見面嗎？」

「當然，因為我們是母子啊。」學露出了微笑，然後又接著說：「媽媽，對不對？」

奈江覺得一股暖流湧上心頭，她幾乎無法呼吸。

「……我可以抱你嗎？」

「好。」他點了點頭。

「學。」奈江輕聲呼喚著，伸出了雙手。

20

草薙像往常一樣等在偵訊室內，一名女刑警坐在他身旁。之前曾經聽草薙叫她「內海」。

「不好意思，又找妳來問話。」草薙看到秀美坐下後對她說。

「我沒問題，但還有其他要問的事嗎？」

「還有幾件需要向妳確認的事。」

草薙從旁邊的資料夾中拿出照片後，排放在桌子上。五張都是手槍的照片，但外形都不相同。

「其中有和妳這次使用的手槍相似的嗎？」

「有，就是這把。」秀美毫不猶豫挑選了其中一張照片。

草薙點了點頭說：「妳說對了，謝謝，這樣又增加了一項物證。」

「我丟掉的槍還沒有找到嗎？」

「正因為沒有找到，所以我們才這麼辛苦。無奈之下，我們只好去找當年把槍放在妳那裡的男人，沒想到他十年前就死了。」

「他果然死了，是被人殺了嗎？」

「是生病死亡，但我們掌握了他擁有的土製手槍相關的情況，推測應該就是這一把。這是很多年前在菲律賓製造的手槍，聽說很多品質都很差，幸好沒有走火。」

「因為我都有認真保養。」

草薙把照片移到旁邊，再度看著秀美問：

「妳不打算改變供詞嗎？」

「你在問什麼？」

「關於動機，我知道妳是為了讓島內園香小姐遠離上辻亮太的家暴，我想知道的是，她在妳眼中，為什麼這麼重要。」

「關於這個問題，我已經說過好幾次了。」

「妳是說，因為她是妳喜歡的偶像嗎？」

「對，你不是知道嗎？」

草薙低吟了一聲，抱著雙臂說：「只是我無法理解。」

「即使你這麼說，我也不知道該怎麼辦，我只是實話實說。」

「為了偶像殺人嗎？」

「很多人為了一點小錢殺人，每個人心目中最重要的事都不一樣。」

「這我能夠瞭解。」

「既然你這麼懷疑，可以去問園香。」

草薙不發一語，皺起了鼻子。秀美看到他的表情，確信他已經問過園香，而且園香聽從了自己之前在電話中的指示，並沒有說不必要的話，配合了自己的說法。

還有那個人。秀美想起了姓湯川的學者的臉。

秀美認為，只要自己自首，他就不會說出真相。雖然秀美原本決定，即使他把自己和園香的關係告訴草薙，自己也會徹底裝糊塗。但自己的直覺顯然猜中了。

這樣就好。秀美心想。如此一來，就可以保護一切。

自己可以繼續做夢。

草薙和女刑警小聲說著什麼，可能在說，沒必要繼續偵訊了。

秀美看著放在桌角的照片。放在最上面的就是她剛才挑選出來的照片，照片上的手槍和她那天使用的幾乎一模一樣。

忘了從什麼時候開始，她漸漸懷疑一切是不是都是謊言，懷疑園香的母親是自己女兒這件事可能搞錯了。既好像是最近的事，又像是很久以前，不，總覺得在見到園香的那一天，這個疑問就一直在腦海角落。

但是，她不願面對這個可能性，假裝沒有察覺。

因為她希望相信，她希望認為自己正在和當年拋棄的孩子生下的女兒在一起。那就像是在做夢，她感覺到了生命的意義。園香是一個乖巧的女生，與這場夢一樣般配，真希望園香真的是自己的外孫女。

她無法原諒折磨園香的上辻，覺得無論如何都必須保護園香。

雖然可以報警，或許也可能用強硬的手段讓他們分手。秀美有各方面的朋友，只要拜託那些朋友，對方應該會解決這件事。只不過如果讓他們分手，上辻會怎麼做？

他會不會說出秀美絕對不想知道的事？

無論如何都必須避免這種情況發生。

所以，秀美別無選擇。

她再次看向手槍的照片，回想起那天的事。

上辻發現秀美並沒有帶他去民宅，而是一條死路，下方是懸崖，問她是怎麼回事。

「為什麼來這裡？園香在哪裡？」

秀美沒有回答，從拎在手上的皮包裡拿出了手槍，上辻大吃一驚。

「妳要幹嘛？」

「你轉頭面對大海。」秀美之所以這麼說，是因為看著他的臉開槍會害怕。

上辻轉過身，舉起了雙手。

秀美把手指放在扳機上，但她並沒有勇氣扣下扳機。

這時，上辻開了口。

「請等一下，不是我，並不是我提議的，是園香，都是她。她說可以把妳——」

秀美聽到這裡，閉上眼睛，扣下了扳機。

當她戰戰兢兢睜開眼睛時，上辻已經消失了。秀美往前走，探頭看向懸崖下方，發現上辻倒在岩石邊緣，上半身泡在海水中。這也省去了秀美處理他手機的工夫。

上辻最後想說什麼？她說可以把妳——他之後還想說什麼？

但是，秀美決定不去想這個問題。如此一來，就可以繼續做夢。

尾聲

走上長長的坡道，那裡就是殯儀館，那棟明亮的建築物很新。草薙在正門前走下計程車，繫好剛才鬆開的領帶後走向入口。

走進大廳，右側是接待櫃檯，身穿喪服的男人和女人站在那裡。草薙走過去，從懷裡拿出奠儀袋，在芳名錄上寫下了姓名和住址。

「草薙。」旁邊傳來叫聲，轉頭一看，發現湯川正向他走來。

「我不是叫你不必特地過來嗎？」

「那怎麼行？內海也很想過來，但我叫她不用來。你應該有收到她的唁電吧？」

「我知道，我剛才看到了。」湯川說完，看了一下手錶說：「還有一點時間，我們去休息室。」

接待櫃檯旁就是休息室入口。走進休息室，發現十名左右身穿喪服的男人和女人三五成群坐在裡面。草薙看到湯川晉一郎正在和一名老人說話。

角落有空位，草薙和湯川並肩坐了下來。

「你媽媽最後的情況怎麼樣？」草薙問。

「她在五天前失去意識，雖然送去了醫院，但持續昏睡，昨天白天去世了。我並不在，但我爸陪在她身旁。聽說她走得很安詳。」

「這樣啊，願她安息。」

「老實說，我覺得終於放下了肩上的重擔，我想我爸爸也一樣。雖然會難過，但以後只要為自己著想就好。」

「你要回自己家嗎？」

「當然啊，我並不打算和我爸爸同住，而且我也想看看那些學生，對視訊上課有點膩了。」

這時，草薙看到一名老婦人走進來，大吃一驚。因為老婦人是松永奈江。她走向湯川晉一郎打招呼，之後看向草薙和湯川，但並沒有走過來，而是在旁邊的椅子上坐了下來。

草薙回想起向松永奈江瞭解案情時的狀況。她持續主張，完全沒有聽島內園香提起任何有關案情的事，只是因為島內園香說必須躲起來，於是她提供了協助。

松永奈江承認，是湯川指示她們離開度假公寓，但只說湯川是她之前在工作上認識的人。

「湯川已經告訴我他和妳之間的關係。」當草薙這麼說時，她露出驚訝的表情。草薙看著她的臉繼續說：「他是我大學時代的好朋友，這次他第一次告訴我這件事，我很驚訝。」

「這樣啊，原來你……」松永奈江注視草薙的眼中露出了好奇的眼神，她可能很想聽兒子年輕時代的事。

湯川再度看著手錶說：「時間差不多了。」

「關於那起案子，」草薙說：「聽說下週就要開庭審判根岸秀美了。」

「這樣啊。」

「她直到最後，都沒有改變口供，但我認為她和島內園香之間有特別的關係，而且你也知道這件事，只不過你最終沒有告訴我。」草薙指著湯川的胸口說：「不然這樣，等判刑確定之後，你把你知道的事告訴我，但我保證絕對不會告訴別人。」

「我考慮看看。」

草薙放在內側口袋的手機響了。是內海薰打來的。

「是我，怎麼了？」

「千住新橋的堤防發現了遭到他殺的遺體，上面派我們去。」

「我知道了。」

草薙掛上電話，看向湯川，但還沒有開口，湯川就說：「是不是發生了案子？你去忙吧。」

「不好意思，原本想至少上柱香。」

「不必放在心上，你必須以你的戰場為優先，我也要回研究室這個戰場。」湯川伸出拳頭。

草薙右手也握起拳頭，兩個人相互擊拳。

國家圖書館出版品預行編目資料

透明的螺旋 / 東野圭吾著；王蘊潔譯. -- 初版. --
臺北市：皇冠, 2022.08　面；公分. --（皇冠叢書；
第 5039 種)(東野圭吾作品集 ;40)
譯自：透明な螺旋

ISBN 978-957-33-3913-7(平裝)

861.57　　111010088

皇冠叢書第 5039 種
東野圭吾作品集 40

透明的螺旋

透明な螺旋

作　　者—東野圭吾
譯　　者—王蘊潔
發 行 人—平雲
出版發行—皇冠文化出版有限公司
台北市敦化北路 120 巷 50 號
電話◎ 02-27168888
郵撥帳號◎ 15261516 號
皇冠出版社（香港）有限公司
香港銅鑼灣道 180 號百樂商業中心
19 字樓 1903 室
電話◎ 2529-1778 傳真◎ 2527-0904
總 編 輯—許婷婷
責任編輯—黃雅群
內頁設計—李偉涵
行銷企劃—蕭采芹
著作完成日期— 2021 年
初版一刷日期— 2022 年 8 月
初版四刷日期— 2022 年 12 月
法律顧問—王惠光律師

讀者服務傳真專線◎ 02-27150507
電腦編號◎ 527041
ISBN ◎ 978-957-33-3913-7
Printed in Taiwan
本書定價◎新台幣 420 元 / 港幣 140 元